# 桜川冴子歌集

SUNAGOYA SHOBŌ

現代短歌文庫
砂子屋書房

桜川冴子歌集☆目次

## 『月人壮子』（全篇）

**自撰歌集**



**『ハートの図像』**（抄）

I

解説

**総論**

# 桜川冴子歌集

# 『月人壮子《つきひとをとこ》』（全篇）

# Ⅰ

## ブルカ

シーラカンスその美《は》しき名がわれを呼ぶ言葉
未明のデボン紀の魚

悲しかるブルカと思《も》へどわれの眼はブルカの
外にありて貧しき

ほのあかき妻の入れ墨を辺境の兵士は恋ひぬ
ブルカのなかに

露草のちひさなる命アフガンのテントの子ら
は体寄せ合ふ

にんげんは人貶むるとき勢ふエルサレムのイ
エスの死より

紋白蝶《もんしろ》を摑まんとして摑めない網をしづかに
抜くるキリスト

ああ敵を愛せよと言へど　天井の木目の渦を
まだ抜けられぬ

バーミヤーンの大仏の聞くちひさなる人の祈
りも破壊されたり

尻取りの「ん」の後のやうに立ちつくす難民の子を所在なく見る

片足をなくせしゼウス神像の足戦場を歩きつづくる

摩天楼

仏像を作りて武器を作らざる和銅元年月光明るし

Tシャツの汗絞りつつ基地を見し夏イージス艦〈配流〉の前の

陸からは基地は見えぬとチャーターせし船に乗り込む牧師とわれら

作業せし手を休めたる米兵が手を振る〈政《まつりごと》〉の外では

マンホールに隠れしままの寺山が老いうばたまの世紀はじまる

ああといふ間に崩れたり試し履きのブーツ脱げぬまま見る摩天楼

早口ことば

〈武《ぶ》具《ぐ》馬《ば》具《ぐ》武《ぶ》具《ぐ》馬《ば》具《ぐ》六《む》武《ぶ》具《ぐ》馬《ば》具《ぐ》〉ぞくぞく進む戦闘機もイージス艦も

悪の国と決めつくる悪の国ありてカンダハールの子を抱きしめよ

救はれず殺し合ふのが宗教か　わたしのなかのペテロを試す

われは手を組みイスラムは美しく足折り畳む悲劇的シュートに

河鍋暁斎「花鳥図」

花鳥図に雉に巻きつく蛇ありき蛇狙ふ鷹は殺めむとせし

## 岡まさはる記念資料館

虐殺の場を取り巻きし日本人浴衣姿の加害者として

身体にかけるしかない虐殺の写真に息を吐くわれは苦しく

こわいのよ　万人坑のミイラ見て呑み込んでしまふ眼をわれに持つ

家族殺すといふ脅迫に犯されし女の写真見ることが償ひ

資料館を出てマロンパイ食べるやうに虐殺の後写真撮りしか

朝鮮に墨を塗りつつ考へる啄木かなし日本は重く

お心にとまりましたらまたいらつしやい　処刑されたる犠牲者が言ふ

三日月のオールを漕いで海ゆかば人なき船に花溢れたる

二十六聖人像の仰ぐ空ルドビコの頬を雨がつたひぬ

天にむけこころを上げよ夕映えに神のアトムは虚空を見つむ

二十六聖人像の坂のうへ己に賭けし蘇鉄のみどり

## 水俣I

しらぬひの　海の沖辺に　いさりびの　かすかに揺れて　三太郎　峠に向かひ　カーブす

る　連結の汽車　トンネルに　入れば忽ち震へたる　窓を閉めゆく　トンネルを　抜くればやをら　立ち上がり　窓を開けゆく　水俣と　いふ病もつ　人の乗る　汽車はしゆつしゆつと　音立てて　急ぎ走れり　よそゆきの　衣を纏ひ　熊本の　病院へ行つたと　ばつてんが　生き還るなく　逝きたりと　袖を濡らして　飛び来たる　出水の鶴の　使者は語りき

反歌

わたのはら鶴渡りゆく海岸線旅ゆくものは生きて還れよ

死んだ人があれは来たんだ　畏るれば水の音《と》に紛れ鈴鳴らし来る

夕となり　また朝となる　水俣の　工場の裏の　醋酸の　匂ひ或いは　アルデヒド　鼻をつまみて　嗅ぎ歩く　海へゆく道　あまざかる　鄙にはあれど　竜宮の　城の門番の　軽口の　海月棲む海　太刀魚の　しろがねの鱗撥ねあぐる　眩しき海に　しほまねき　片方の脚を　振り上げて　砂の穴掘る　スカートの　裳裾を濡らし　夕映えの　海にびな採る　然《さ》は言へど　これは毒なりと　幼き日　我が収穫の　貝は捨てられつ

反歌

水俣病患者智子さんわれの分毒を吸ひとり十字架に逝く

水銀値1.7 ppm

もはや手を隠さずともよし水銀値標準となるわれの毛髪

魚たちの魂祭りするしらぬひの海に人間は淡く立ちたり

わだつみのトヨタマヒメの持つ瓶の水とことはにゆめな犯しそ

（青木繁「わだつみのいろこの宮」より）

II

## 啄木の授業

赤ペンを持つたまままこころ投げだして祈禱室にひとりゐるなり

五月祭終りてけだるき教室を時計の針が散歩してゐる

若葉雨　こゑ出なくなるを新任の病と軽く肩をたたきぬ

虫愛づる姫君のばうばうの眉よしとよく見つ風紀検査に

お祈りのときわれわれを見る生徒ゐてさりげなくわれも見て目を閉づ

啄木の授業意外に受けなくてどうしてだらう広目天の眉

教室の窓にぎよろ目の訪問者　『枕草子』よりもかまきりをかし

黒牛の鼻むず痒くなるあやふさに間違つた字を黒板に書く

南禅寺山門のうへ手をあげて子らと絶景かなをやりゐる

五日制迫られ入試科目増ゆ綱引きの綱はきつく捩れて

遅刻する生徒の一群と交戦す騎馬民族の末裔として

# しろい羊

沈黙の会議はつづく　微笑みてをれど開かぬモナリザの唇

けんけんぱあけんけんぱあと影を踏み多数派に入りわれは老いゆく

洪水のなかの道路を跨ぎ越すわれこの国の車輪ならねど

のけぞりて鴉が鳴きぬネクタイの企業戦士の疲れたる貌

シーソーがかたんと動く　亜米利加を支持すると言ふ亜米利加を憎めど

太陽が旅人の衣脱がすやうにヒューマニティーは勝つかざす正義に

「花冷え」とやさしきことば語らひて職員室にお茶を啜りぬ

しわしわと空が縮んでわたくしの花瓶に落つる春の雨なり

焼きたてのパンあたたかく夕ぐれはしろい羊を抱きて帰る

## 月影の父

溜息の多き職員室なれば溜息吸つて教室へ行く

あぢさゐのぼんぼんのごとふくらめり梅雨どきの朝の髪は嫌だわ

教室にくくくと笑ふ生徒たち七つさがりの雨さへをかしく

先生は薔薇のやうだと去りし子よ花の部分か棘の部分か

「あなたつて頑張ればできるのよ」もう十年も言はれつづくる生徒

太陽の母月影の父に囲まれて子はほそぼそと面談にくる

子は親のサンドバッグか打たれても叩かれても母さんが好き

授業受くる生徒の膝に笑ふ膝怒る膝あり突き出してくる

木の箱をはみ出しさうに眠れるは降誕祭のマリアの衣装

「先生抱かれてもいい?」女生徒を抱きやりセンター試験へ送る

てらてらとファクスの吐く情報を流してわかつたやうな貌する

その家のあかるさのごと賛美歌をハミングしつつ生徒は帰る

## 駒

大きな手ちひさな手あり時間割作成盤をしきりに動く

先生の駒ゆつくりと動かせばすなはちぞろぞろ生徒が動く

ピンセットで歯科医のやうに駒抜きて新しく駒入るる三組

動かせぬ赤い駒ありソルフェージュ乙女のこゑに身じろぎもせず

国語科の条件すくなくたんぽぽの綿毛のやうな黄の駒のひとり

0《ゼロ》時間目の礼拝の駒いつも入れずおく神の手がさす駒

時間割作成は楽しかりしよとあき子先生むかしを語る

これ以上動かないから　お願ひのときはオホカミが宿借るやうに

駒入るる同僚の手はほつそりと春のバトンをわたす蝶なり

今夜われ職員室の動かない駒くるくると人話し来たりて

一生に一度の一年だ桜の園に教務主任を解かるる

## 月の背中

臍の緒は箪笥の奥にしまはれてふと盗み見き〈月夜のボタン〉

三日月パン食みつつ思ふ人間は陰ある月とM《マーク》・トウェーン言ひぬ

種子あまた暗き目をもつ向日葵の明るさ今日も笑つてばかり

ほてりたる君の背中の壮年のひかりの闇をさびしみて見る

月欠けて音なく入りし君の影夕陰草のわたしを揺らす

ぽつかりとひとりの月が浮かびでてあやとり橋の闇を犯しぬ

鉢植ゑの折鶴蘭に水をやる背後から抱く月の男は

ためらひてゐるわれゆゑに十六夜の月人壮子痩せてしまへり

不燃物置場の時計がわれを呼ぶオキテクダサイ　いつまでひとり

三日月に見らるるわたし今日の嘘びゆーんと弓がのびてきさうな

ポンポンダリア

観覧車ゆつくりまはる母と子が永遠のごとく閉ぢこめられて

ひとり泣けば別の子も泣く保育所のポンポンダリアすこしさみしい

カンガルーのおなかのやうな手袋のなかでちひさい指を動かす

さるをがせ杉に絡まり杉となる筋肉をもつ森の樹樹たち

シマウマはジグザグに駆け草原にをり動物園の真夏の夢に

老猫がやをらに立ちて向きを変ふそこだけ遠い春の日だまり

なよなよのなよ

異界より帰りこゑなくさびしさを語りだしたり雛人形は

もういいよとしづかに言ひて紐を解くわかむらさきの雛の小面《こおもて》

「ポプラ伐らるるポプラ伐らるる」と木が泣けば夢の我らも「伐らるる」と泣く

不可思議な夢のつづきにポプラ伐る計画朝のニュースは流す

北大のポプラ伐らるるニュースあり現し身は夢のかなしみを抱く

照明さん灯りを消して　誰も来なかつた運動会鉢巻きをして

諦めのいくつかを知りわたくしは土化してゆく　むかし魚族

意地悪ななよなよのなよをどうやつて吹きとばさうかと体を捩る

きのふよりアブナイわたしハムラビは鼻に嚙みつけば罰金と言へど

売られゆく小さな象がしよんぼりとわたしの夢にサラダを食ぶる

二千円札に書かれし「すゝむし」の読めさうで読めぬわがこころかも

## ベンリーさん

ぼたんぼたん植木屋になく花屋にもなくベンリーに見つけてもらふ

ベンリーの見つけてくれし白牡丹羽根を動かすやうに咲きたり

くれなゐの牡丹が咲けばベンリーのうれしさうな貌思ひてうれし

阿蘭陀のアンティークブローチ壊したり困つた貌のベンリーとわれ

「明日は家族サービスです」対岸にほのかに点るベンリーさんの幸ひ

わが涙そつと隠しぬベランダの敏感な木に見られないやう

## フェルメール

フェルメールをマウリッツハイスに追ひかけてネーデルランドの風こそはわれ

恋を得し心地してただ孤り見るラピス・ラズリの「ターバンの少女」

沈黙のすずしさに見るフェルメール十七世紀のミルク零るる

町全体が美術館なりぼそぼそとブルージュの古き絵の中に入る

お爺さんがながいキセルに吸ふ煙草みえない時間ながれてゐたり

Ⅲ

## 天までの距離

ケータイは父の癌告ぐ草枕旅に遊べる猿沢の池に

朝焼けの病院のベンチに父言へる手術の拒否をかなしく聞きぬ

病室に戻る姿の影細くうすくなりゆく父は逝くのか

癌手術三十時間外来はストップと聞く大学病院

耳を取り頭蓋開きて父の貌疑へりわれは見つむるほかなく

太陽はまぶしく沈み病室は呻くこゑのみ低く聞こゆる

一本の注射の後に手術終へしばかりの父の心臓止まる

父知らぬまま同意書にサインせし醜《しこ》の醜草この我なりき

語りても語りかけても意識なき父なるゆゑにわが生は深し

三回の心臓停止に半年間父は生きたり髭を剃りやる

父の爪カチンカチンと切りてやり影絵のやうにわたしは動く

帰らんと手を握るとき意識なき父は欠伸すまた握りしむ

銀杏青葉さやさや揺るる更けゆける秋の白川みづすがすがし

からすうり熟して美《は》しき秋の夜は音なく髪の
伸びてゆくべし

看病のためのウィークリーマンション　電気
をつけて「部屋のなかは晴れ」

逝かん人を迎へに来しか死の前の父のベッド
の白きあかるさ

半年間もの言はざりし父なれど心停止の後ふ
いに唇動く

手術失敗とは言はないだらうナナカマド野に
紅くまぶしき

結局は沈黙しかない　何事もなかつたやうに
天の雫落つ

馬を追ふ人のひよろろと吹く笛はさびし遠き
天までの距離

## 耳の螺旋

お父さんと呼ぶ言葉わが胸に零れはてしなく
死者なり父は

通夜の家ただに明るし電球に透かす卵の裸のやうに

うつくしき死などはあらぬ苦しみて逝きしを花に飾られてゐる

棺桶の前に飲み明かす男らよ死者と隔つるものなどぞなき

階下には父を訪ねて来し女その子孫の子遊ぶこゑする

取り出せる父のなきがら炎まだ残りて熱くその肺焼きぬ

二重棒線で父の名前を消す母に家族がひとり消えてゆきたり

春陽はさびしかりけり逝きし人迎へて天は明るかりけり

雪降ればほのか明るし雨降れば潤ひにけり父の山見ゆ

甘えたきわれのこころは亡き父の耳の螺旋を滑りおりゆく

# 不如帰

朝日影　にほへる山に　飛ぶ鳥の　翼ゆきか
ふ　玉桙の　道に人なく　眠れざる　ちちの
みの父　昨夜《よべ》掛けし　衾持ち出で　石段を
河原に下りつ　鳴く鳥の　こゑかしましく
鳴る川の　瀬音激しく　入院の　朝《あした》にあれば
マッチ擦り　衾燃やせり　癌なりと　誰も言
はねど　癌なりと　己に問ひて　夏祭りに
われが贈りし　あしひきの　山川の水の　散
る柄の　ネクタイをして　熊本の　病院へ行
く　「つばめ」なる　特急列車の　振動は　耳
の癌なる　わが父の　三半規管を　苦しめる
窓に沿ひゆく　しらぬひの　海にけぶらふ
天草の　島を見しかと　言問へど　父は語ら
ず　山萩の　ほつほつと散る　さみしきを
目に留めしかと　言問へど　父は応へず　行
きしまま　帰らざる人と　なりてしまへば

反歌

滝壺に白きシャツ飛び込めるごと水落ちゆけ
り父は逝きたり

唐突にベランダに来て不如帰死す黒白《こくびゃく》の翼を
閉ざし

# ZERO

サイコロの一の返しは六となり七曜のはじめ
天地《あめつち》まはす

わが胸に疾く疾くと鳴く鳥が棲みサイコロの
体まはす七曜

これ以上壊さないでと言ふやうな賽の目豆腐
われに似たりき

鳴き砂をきゆつきゆつと鳴らし踏みゆけば足
跡のなき影は友だち

おかはりと茶碗を出せる家があり灯り点しぬ
家族とは何

おばあさんの棺に今も生真面目に釘打つやう
にかねたたき鳴く

耳といふ不思議なかたちGの字もJの字も白
木蓮を仰ぐ

癌に耳をゑぐり取られし父なれば茸によつき
り亡き父の貌

亡き父に似る耳朶は頼りなくイヤリングつけ
三日月揺らす

草原をつつつと動く麦わら帽ここにゐるよと風言ふごとく

をのこごはすくすく育つ若竹の筒の中なる異界の時間

「あのころはよかつたなあ」としみじみとおばあさん言ふ牡丹の終り

「人間も初めがよかよ」言ひ捨てて牡丹の中に老婆は消えぬ

おばあさんちひさくちひさくなり眠る若竹の中へ戻れるやうに

伊江島は水の子菊の生《あ》るところ実弾演習その腹でする

どうやつて死なうかと生きて来し人とハンセン病施設の宿に眠りぬ

一本のパラソル回し靡きつつ草になりたし波《は》照間《てるま》が見ゆ

不自由を笑ひて過ごす山笠の「胡瓜食べるな信玄作るな」

われはＺＥＲＯでしかない否ＺＥＲＯである驚くほどにはるけき方眼紙

## 水俣Ⅱ

水俣展が地元で開催された。
他の地で開催された時に並べられた患者の写真も
地元では大方黒い紙のみが貼られていた。

ポートレートなく黒い紙貼られたる患者を苦しめしひとりかわれも

水俣病患者の写真なく■■■■■■■■■■■■無言に抗議す

実験に使はれたりし水俣の狂へる猫を思ふ春月

ふるさとを捨てふるさとに棲むといふ患者の家の漆黒の窓

水俣病患者A子さんたぢろげるわれに抱きつき仄かな貌見す

浄土への道の法被のやうに咲く白木蓮の水俣の死者

ひよこひよことちひさなバケツに貝採りしわれが重なる岩の頭は

われといふ頼るべきものたよりなくがんばつてゐる海を見てをり

二〇〇三年、夏の水害で同級生の一家が生き埋めに
なった。

チャンネルを替へて確かむ水俣の土石流被害者の友の名

唐突に過去へ遡る橋にをり彼岸此岸を川は流れて

かなかなの鳴く坂道を下つてゆこうお線香しかあげられなくて

くしやみする星

コクトーの自画像の目と見つめ合ひ目から大人になりゆく我は

泣いてゐるのは泣いてゐるのは笹百合のさゆらぎ或いはちひさなわたし

てぶくろを脱ぐやうにわれとおとうとは家を出たりき十二歳の春

ムササビの走る家こそは家　天井にムササビの太りて躓けばうれし

晩鳥の家から家へわたる夜杉山のうへでくしやみする星

たまねぎをひと皮ひと皮むくやうな複雑作歌してわれに逢ふとき

海見ゆるだんだん畑のタンポポの綿毛飛ぶタンポポのなかわれ

## 曼陀羅の土

旅人の雨は細枝《ほそえ》を撓はせて夕べの花を散らしゆきたり

ひとしきり看護師さんに叱られし老婆と猫は花見してゐる

みづいろの紅茶カップに浮かびたるちひさな気球スリランカより

亀の背に休んでゐたる太陽が気持ちよささうに抜けて暮れゆく

あざみさんと問へばかすみと応へたる隠しことばをわが世代もつ

モーツァルト流すのみなる電話して突然あなたは逝つてしまつた

亡き人はこゑをあげたり真夜ひとり髪乾かせるドライヤーの奥で

生かさるるものは死を覗く　たそかれの曼陀
羅の土に落つるくれなゐ

花柄のハンカチ広げ草に食ぶソマリアのパン
をわたしは奪ひ

## Ⅳ

## 鳥葬

青旗のヒマラヤをゆく禿鷲の臓器重く死者は
沈みて

藍ふかく高き空より禿鷲は人の死待ちてその
死貪る

ヒエラルヒー禿鷲にあり人肉の柔《やは》きは猛《たけ》き鷲
がまづ食ふ

死のひとつくまなく食みし禿鷲は頭蓋骨ひとつわれに残せり

ああここはアウシュヴィッツかヒマラヤかさなりヒマラヤ鷲が人食ふ

断絶は血の匂ひ吸ふわれと死者　空舞へぬものは這ふやうに生く

禿鷲に食べてもらへぬわれなるか　さびしい腕を空に翳せり

わたくしはここにいるよとチベットの空に手を挙ぐきーんと泣いて

富士よりも高き大地にふるふると足も空なり酸素を買ひぬ

誰からも遠くありたし禿鷲が人の死食ふを黙し見る空

## 晶子の朗読

北上《きたかみ》は暑いですねと声かけたきやうな目をせり天然の鮎は

脱皮する感じに長い地下道の階段上るはつなつの空

粘りあり晶子の朗読レントゲン写真のやうに鬱屈を見す

肉声は与謝野晶子の歌衣ほどきて肌を見る心地する

鷗外の墓を訪ねてあかねさす津和野の昼を君と巡りき

## 刃物屋

うつうつと青葉の記憶　聖劇に無花果の木の役われは立つのみ

民衆に嫌はれしザアカイを乗せ無花果の木は見えない主役

台詞なき木の役果てて劇果ててうさぎのやうに跳ねつつ帰る

急ぎ去る君の影追ひつんのめるちよつと待つての姿勢のままで

悔しくつて憎らしくつて哀しくつてニラなん
か食べて「ウッハー」と息して

あの人の記憶の外にゐるらしい　傘と傘のす
れ違ひざまに

しろがねの鋏三本刃を研ぎしのち刃物屋は髭
を動かす

来たければいつでも来いとチュンチュンと鳥
をあそばす木は扉なく

泣き果ててゆくあてのないアキアカネ　ゆふ
べおまへをわたしは生んだ

## 頭のうへの聖書

お祈りは片目を開けて都合よく助けてもらひ
たいときの神様

くすくすと笑つてゐるのは楠か風の童子か青
嵐吹く

ドクダミの花の十字の傍らにめつきめつきと
新校舎建つ

頭《づ》のなかの振り子が揺るる　ああ三つ欠伸し
てゐる月曜の朝

雨脚は背振の山を一列にフラッシュのごとひかり走りぬ

元教師やあやあと来るデジカメに重きカメラは代はりたれども

頭のうへに聖書をのせて楽しんで歩く練習せしかなむかし

運動会梯子くぐりができなくて追ひ越されつつ見し秋の空

前期末会議のことは会議とし同僚と仰ぐ十三夜の月

月光を浴びせたくカーテンを開く跪くままの卓のマリアに

バランスを崩して帰る一日を太きタイヤでバスは支ふる

強がりて疲れて仰ぐひつじ雲燔祭のやうに夕焼けてゆく

ひとり立ちふたり立ち大勢が立ちふり仰ぐ熊ん蜂の飛行

大男落ちにけらしな　桜島今日もごろりと煙草をふかす

# 茘枝

来客に茘枝をことことと皿に載せたちつてとつとと慌てて運ぶ

霜の帽子とりやりびらんと皮を剝ぐ茘枝のなかの寒さうな国家

誰も誰もこゑをかけない十二歳が幼児殺むるまでの足あと

殉教者ルドビコもかの少年も十二歳なり十字架を負ふ

はまゆふの花の裂けたる繊細に被害者はときに加害者となる

面談にパソコンの口開きたり威嚇にあらずされど偏差値

自己推薦入試の自己推薦文頭かきかき教師作文す

職員室に子を褒めまくつてゐるわたし推薦会議の前は朝から

美辞連ねたる推薦書　キュークツナオレハコキュウガデキナイ――言葉より

〈わたくしを束ねないで〉と言ふやうに生徒出てゆく身を固くして

教室の本箱に納められてゐるシクラメンわれは取り出して撫づ

ジングルベル聞かなくなりし街角に少し鋭くツリーは立てり

「お帰り」の灯りの下でおにぎりを買ふマンションの下はセブンイレブン

噂立つわれの一日《ひとひ》は恥づかしくセイロンベンケイサウのやうなり

業績は見えず夜のうた奏でたるキリギリスなり文学といふは

## 王祇祭

長靴をぶかぶか履いて猫になりすます　慣れない奴が一匹ゐるねえ

長靴をすつぽり履いて前を行く「ばんばせんせー」も猫のやうなり

「どやどやと来てどかどかと去つて行くヘンなやつだな」と白鳥の精霊

「ものン申《まう》」と当屋使ひの口上に耳あたたかく王祇祭待つ

神運ぶとき乱声《らんじやう》は美しくきららきららと雪光らせて

安らかな祈りのやうに延々と座狩《ざが》りのこゑは宿に響かふ

みみづくの耳立てて聞けばすみずみに座狩り恐《かし》こし「ようござります」

長老は〈翁さびた森の梟〉目尻を下げてけむりぐさ吸ふ

神宿る少年は六歳こほろぎの貌してわれら遠く見上ぐる

罅割れた唇をひらりと塞ぐのは雪の触手か風の尻尾か

くわんねんせいくわんねんせいと雪は降り風の魔王が首筋に寄る

白真弓《しらまゆみ》放てるごとく白鳥は空を渡りぬ月山街道

旅の終りはすこしさみしい水仙月三日の月にさよならを言ふ

# V

## 空の振り子

鶴《つる》来《く》月《づき》満月の空渡る鶴いつせいに首を南に伸べて

鶴の脚すらりと伸びて降りてゆく空の振り子の鳴りいづるごと

あかいあかい眼をして鳴くの　真名鶴はオイーンオイーンとふるさとを恋ふ

冬の田にダンスしてゐる鶴の恋鶴の歌垣人垣に見つ

クウクウとさびしき音《おん》を聞き眠る人つるとなる鶴の宿なり

水張りし鶴のねぐらの島影の濃くなり万羽片足に眠る

万羽鶴つと降り立ちて鏡なす水田暗めり己の闇に

鶴の村遠ざかりゆき巻き舌で鶴音《つるおん》真似る口を窄めて

鶴の胸に抱かれし人のほの暗さ鶴去りて人去りて舞ひゐる

ああむかし鶴だつたのよ　街角で首長き人振りむけば　見ゆ

おとうと

おとうとの難病を知りわが骨の一部のやうに立つてられない

村山さん細川さん小泉さんと呼びて闘ふ記者の距離感

ラーメンをつつんつつんと啜りつつわが用件を聞きて立ち去る

おとうとよ病に焦るな不調和な励ましと聞け須磨の源氏を

採点の手を休めたり亡き父が来ておとうとを励ましてゐるころ

## ビードロの夢

歩けないわれを追ひ越す理科室の骨格模型夢の橋にて

入院の前のやり残し六百枚痛し痛しと歪みゆく文字

四度目の入院なれど歩行器にしーんと覗くオペ室のかささこそ

ブロック注射拒否して医者を怒らせる今宵仙人掌のやうにだんまり

闘病に二十キロ痩せしおとうとが見舞ひて帰る道「ひかりにあゆめよ」

遠つ世の祝祭のごと病得てぽつぴん哀しビードロが鳴る

病院の長すぎる夜安定剤こくりと飲んで足を動かす

神経根ブロック注射にふとよぎる　水仙の凪麻酔なき国

「番組は戦争ばかりでつまんないわよ」先輩患者が新米に言ふ

病室にテレビをチッとつけて知るイラク戦争物語めく

爆撃はイヤーホンを漏れ病室になにもせぬ春歯などを磨き

二度腰の切開手術受けし身はファスナーだよん背中かなしく

シャンプー台の傍にベンジャミンの木

シャンプーをしてもらふほどの高さにてベンジャミン君、君は元気なり

退院ははや脱走と噂立ち春の空舞ふヘリコプターかな

走らんとして縺れたる足さする向日葵の茎は
痛みやすくて

あきらめて遠く見つむる風の道風の族《うから》が北帰
行する

チグリスを火の馬に乗り踏みつけし後あつさ
りと戦後と言ふな

## 百済観音

草笛のやうに言の葉鳴らしつつ百済観音と呼
べばさやけし

わたくしに来よとさしのべし観音の掌のうへ
にぽつんとひとり

観音に触れたくて肩揉みませうなどと言ふ蟻
のやうにちひさく

海のこゑ聞こえくるよろこびに立つ百済観音
の杏仁の眼は

ヴィーナスの足を洗へるさわらびの萌えいづる春の光の粒子

月の夜は水瓶《すいびやう》のみづ音たつるらむはるかなり飛鳥　飛鳥はるけし

## 龍門の滝

菖蒲田に行く約束を水色のペンで手帳に書くマリア月

菖蒲田のまん中にきて武者のごと向きを変へ急ぐ風のこころは

菖蒲田の黄菖蒲処女《をとめ》咲く気配あせることなく「ゆつくりいそげ」

菖蒲田にこころの種を蒔いてみるとき人間はやつぱりさみしい

花菖蒲ひと束を大き瓶に活け紋白蝶《もんしろ》のごとそはそはとする

霧島のバルビゾンめく空港に紙飛行機のごと風に降り立つ

滑走路少女の素足のやうに伸び鹿児島の青い夏を駆けたり

ぬかるみに麻痺したる足庇ひ見る龍門の滝に眼《まなこ》洗へり

滝壺に身を引き締めてサルビアはくれなゐ点す龍登る滝

島津雨ホテルの窓を濡らすまで遠くから読む未来の運勢

夕ごはん食べつつ涙落つるとき壁の時計のクロツグミ鳴く

十字架の道に貧しき人の香油嗅ぐイエスの恍惚想ふ水無月

をのこごがわーんわーんと泣く夕べ大きくなれよ雨の枇杷の実

## 落下する兎

木枯らしのひゅーと吹いて蹠《あしうら》はカサカサカサカサコソ落ち葉の棲めり

母の手は思ひがけなく細かりきスクランブルを渡りたるとき

青林檎すつぱき朝に女生徒に声をかくればそつぽを向けり

面談に不機嫌に来て坐りたる十七歳のもやもやを吸ふ

逆さまに月の兎は落ちてきて「文学部なんて役に立たない」

怒りたる老婆のこゑのさながらに鸚鵡しやべれば老婆かなしむ

月のごと霊はあかるし冷蔵庫の棚の卵も騒ぎはじめぬ

雑談を身をのりだしてせしままにギクッと腰に鍵がかかりぬ

前髪をすこし伸ばして君を待つ秋の改札袖振草は

結婚は看取ることなりさびしくて肩濡らしつつ君の傘もつ

たそがれのコンビニは火の匂ひせり身をあたためてひとり出てゆく

てのひらの窪みにのせる冬苺母といふ字はちひさくなりぬ

豹柄の同じコートとすれ違ふさびしい貌に選ばれし服

## 三つの窓

五万分の一の地図には見えなくてモアイ像前であなたを待ちぬ

ケータイにさゐさゐ沈む君のこゑ渋谷駅雑踏のなかに聞く

三十分怒りつのらせ待つ駅に面高夫駄《おもたかぶた》に乗りて君来る

はりせんぼん互みに飲みて許し合ふ菜の花のやうな春のこころに

「情報」と訳せしは鷗外パソコンに明治の髭はびびびと動く

年下の君のオス度は鷗外の髭に及ばずそよそよと這ふ

食パンをへこませながらながめゐる雲は中也の帽子つくれり

つぶされるつぶされると思ひつつまだつぶされず蒟蒻を煮る

鳥の目をちらりちらりと走らせて『近代短歌史』探す雨の日

しかたなくちやぽんちやぽんと頷いてゐる水槽の熟れし西瓜も

ずつとずつとひとりでゐるのはどうですか樹に問へば樹はおほらかに立つ

うつむきてをれば木の翳はこひびとの貌をしてをり睫毛を揺らし

目の字には三つの窓がついてをり見えてゐますか　あなたのオリオン

# あとがき

　集題「月人壮子」は「月の背中」という一連から採ったものであるが、もともとは万葉集に「夕星《ゆふつつ》も通ふ天道《あまぢ》を何時までか仰ぎて待たむ月人壮子」等いくつか出てくる言葉であり、一般には月を擬人化し、男性に見立てていう語とされる。学生時代、人麻呂を卒論に選び、万葉集を少しばかりかじったのであるが、ここ数年、改めて読む機会に恵まれた。この歌集の期間の初めの頃、父が亡くなった。その後、残された母も弟も私も入院生活をし、私はまた友人や同僚を亡くした。そのような中で明るく生きようとしてこられたのは闇を貫いて生きる力が歌うことによって与えられたからである。父のことも出身地である水俣のこともまだ歌いつくせないほどの苦さをもちながら、あえて長歌の力をも借りて表現したいという衝動にかられ、長歌三首とその反歌を載せることにした。

　時々、ひとり棲むマンションのベランダから月を仰ぐ。すると、宇宙にたったひとりの月は季節によって青年のような若さをもっていたり、少し年をとったような姿に見えたりする。いつのまにか私は月を宿してしまったようだ。月女は宇宙のなかのシングルとして小さくなったり、生意気に大きくなったりしながら歌うことの苦しさと楽しさを噛みしめている。

*

　私は子供時代を水俣で過ごした。鉄棒が苦手で、前まわりも逆上がりもできなくて、いまだに地球を逆さまに見たことがない。ある日、学校から帰ると自宅の狭い庭に鉄棒が出現していた。不器用で運動のできない私を哀れに思った祖母が人に頼んで運動場の鉄棒さながらに作ってもらったものだった。その日から小一の私に鉄棒の家庭教師がつくことになる。家庭教師の名はまりちゃん。近所の体操の先生の子供で五年生ぐらいだったと思う。まりちゃん先生は初めこそお尻を叩いたりしながら教えるのであるが、私は全くダメで、そのうちまりちゃんはひとりで鉄棒をぐるんぐるんとまわりはじめる。呼びかけても聞こえないらしく、ぐるんぐるんぐるん。まりちゃんの宇宙は目がまわりそうだった。そんな私が珍しく得意にしていたことは水俣の海で「びな」と呼ぶ巻き貝を採ることだった。今、そのあたりは埋め立てられ、水俣病資料館が建っている。少し前、地元で水俣展が開催された。他の地で開催された時には貼られたという水俣病で亡くなった人々の写真が地元ではずいぶん貼られていなかった。その部分にはあえて黒い紙が並び、その紙ばかりの黒い葬列は無言の抗議が込められていたに違いなかった。患者を苦しめたのは工場ばかりではない。胸の痛みを伴いながら何かが燻り続けるなかで、水俣の地点から歌おうと思った。なんだって私は目の前の泥を見ながら蓮のように涼しく生きようとしてきたではないか。

＊

六年前に「かりん」に入会した。この歌集は入会以降の作品で、この間に作った歌の中から約四分の一を選び、新たに書き下ろした三十八首を加えたものである。「月影の父」「天までの距離」「耳の螺旋」「ZERO」の各連が最も早い時期に作ったものであり、「空の振り子」がこれに続く。従って編年体ではなく、テーマによって再構成したものである。「かりん」から出す歌集としては初めてになるが、私にはその前に、一九九七年に出した『六月の扉』（短歌新聞社刊）という歌集があり、二番目の歌集になる。

この期間の最初に馬場あき子先生、岩田正先生に出会い、また伊藤一彦氏に出会ったことは何者にも代え難く、闇を貫き生きる力として、歌うことへの覚悟を新たなものにした。馬場先生の教えや生き方、また著書から魂の声として歌うことの厳しさによやく気づいた六年間だった。先生のご指導は、人としてのあり方にも及び、真正面からの直球。のんびりしている私はときどき脳震盪を起こしそうになりながら気づくこともある。それでいて、近くに行くとほっとする。岩田先生も私を受け入れてくださり、示唆に富んだ沢山のことを学ばせてくださった。それでいて、私はもどかしい歩みのままである。とても苦しいときに出会えた伊藤一彦氏の「歌い続けることによって乗り越えられる」という言葉や与えてくださったチャンスにこれまでどれほど支えられてきたかわからない。

この度、馬場あき子先生に帯文をいただき、また日頃から温かく励ましてくださっている伊藤一彦氏、小島ゆかり氏、川野里子氏に栞の文章をいただき、とても嬉しい。

勤務する学校の職員用の小さな玄関に絵が掛かっている。私はこの絵が好きで毎朝見ながら出勤し、昼になるとその下を弁当箱の音をカタカタ立てて通る。カバーに使わせていただいたのはこの伊藤研之氏の絵である。校正をしてくださった寺戸和子氏、また歌を通じて出会った方々、日頃から応援してくださっている皆様方に心から感謝を申し上げたい。出版に際し、ご配慮いただいた雁書館の冨士田元彦氏、小紋潤氏にお礼申し上げます。

二〇〇三年九月

桜川冴子

# 自撰歌集

## 『六月の扉』（抄）（第一歌集・一九九七年刊）

人間の我が溶けいく傍らでガジュマルの樹は
気根をのばす

舌の上に言葉をのせてつぶやけば梅園の鳥は
近づいてくる

木片に書かれた丸文字を見ておりショールか
ら目だけを出して

茉莉花《まつりか》の香にむせびつつ夜の更けの電話に文
学論を聞き入る

ひとつぶの葡萄ほどにも語らずに人は逝きた
り月の夜更けに

シュレッダーに刻まれていく日常を脱し得ぬ
今日もまた

絡まれる髪ほどきつつふつふつと湧く怒りあ
りなかなか解けぬ

「さぼりすぎ早く出て来い」病む我にファック
スを送りつけぬ生徒は

宣教師ハウエル女史はぜんざいを好物となす
日本に四十年

頼りない湯豆腐のような君なれば生姜のように座ってあげる

これは大陸の大きさだよと菜箸のような箸使う中国の人は

窓辺にて横たわるとき空と海のあわいの線と我はなりゆく

草に寝てコスモスをみる延長をたどれば雲は風に吹かるる

みずいろのセーラー服の生徒らが雨に濡れゆく紫陽花の月

人口のライトを浴びるはまゆうの花の乳色あやうく揺るる

結婚の日取り決まった弟は電話してきて言うまだ焦るな

重病の人を囲みて生徒らと歌えりイヴの青き賛美歌

流さるることよしとせぬ吾が前に横たわりいるユダの荒野は

六月の扉を開けし教室に鳥のようなる目の少女らつどう

アメリカン・グラスに浮かぶ青梅のとろりと
冷えて喉を通れり

冬の朝ハレルヤを口ずさみゆく生徒がありて
教師がありぬ

ビスマルクのサイン見つけぬレストランに千
五百年の歴史はつづく

風荒く吹き立つ道をのぼりきぬベートーヴェ
ンの「田園」の丘

テーブルの上の肉その面積にゲルマン人の血
筋を確認す

妻もたぬ男と夫をもたぬ女多き職場に時計は
廻る

身を焦がすほたるの光をたよりつつ立てばし
ずまりて草の匂いす

乱舞とは呼べぬ蛍は夏の夜を草に醱酵なすご
とく光る

目を閉じれば雲はわた菓子夏空にしがみつく
ほどのものはない

激痛のする身に授業なせる日々光源氏は大人
になっていく

てのひらを置けば花びらの弾けるごとく蛇口より水ほとばしる

苦しければ奥歯に嚙みて黙したり桜花房の重々と咲き

苦しみの果てに救いは墜ちてくる崖っぷちで鳥になった日

一片の白き貝殻のごとく我が片耳をおく夏の日の海

眠らんとする目の奥に夕暮れのすみれ色なす景色ひろがる

今日は戦わない女会議室の椅子にやもりのごとく座る

別れきて人の匂いの残りたる髪は雨のなかを油曳くごと

革靴の先に舞い下りし兜虫えいえいとその角を突き出す

## 『ハートの図像』（抄）（第三歌集・二〇〇七年刊）

### Ⅰ

### ハートの図像　宮崎

言葉より生《あ》れたるやうにひいふうみいひいふうみいと丘をゆく蝶

大伴の美々津《みみつ》の浜にきさらぎは光子《ひかるこ》を産む梅が咲きたり

牧水のあくがれし海美々津江にひかりの帽子被りて坐る

あめ牛が柵から首を出すやうに美々津問屋の二階に覗く

白墓《しろばか》＊に一輪の菊活けられてゐる隠れ切支丹なりし胸元

＊名前や素性については神のみが知るという意味において、何も記されていないのっぺらぼうの墓碑を白墓と呼ぶ。

鶏頭のくれなゐまぶしき墓地にして貌なく名なく白墓ありぬ

「霜」「冬」とその名刻まれ切支丹の霜のひと世の隠れ墓碑あり

墓碑に巻く蔦むき取れば冬の陽に頭《かうべ》冷たき隠
れ切支丹

蓮の花刻まれてゐる墓石に隠れ切支丹の裸身《はだかみ》
を撫づ

「皈《かへル》レ元《もとニ》」*と刻む墓石あり信仰を捨てたる人の
苦しみ滲む

*弾圧のつらさに耐えかねて信仰を捨てたけれども、死して
元にかえる。

弾圧に立ちしまま寝し切支丹寝墓《ねばか》に眠る天に
安かれ

十字架《クルス》ありハートあり棕櫚*の図像あり隠れ切
支丹の背中に触るる

*棕櫚は聖書で勝利を象徴する。

タトゥーのごときハートに秘めし十字架《クルス》あり
隠れ切支丹はこの石の下

寄せ墓*に肩を寄せ合ふやうにゐる隠れ切支丹
死の後もなほ

*寄せて括られている身寄りのない人の墓。

死者を狩るスコップ動く手のあらば後ずさり
するやうな寄せ墓

柿落葉吹かるるやうに壊されてゆく寄せ墓の
隠れ切支丹

たましひの奥処を覗きこむ墓地に死者はわた
しの弱きを照らす

「日向《ひうが》には切支丹なき候」といふこゑに墓地の
木々騒ぎだす

飫肥《おび》城にふつと消え去る幻を見る切支丹の♥《ハート》
を追ひつつ

年毎に隠れ切支丹の墓は消え荒地野菊の深き
空なり

迷ひ雲増え続けゆくこの秋のギリシア語の聖
書強く発音す

## 伴天連《バテレン》の樹　天草

天草の肩こすりつつ着陸す隠れ切支丹の肉の
ごとき島

石段に踏めよと彫られしクルスありいまだ残
りてわがこころ問ふ

願ひごとばかりしてゐるわが祈り日だまりの
なかの贋金のごと

切支丹しろき墓碑群にうぐひすは鳴き歳月は
あかるい奇跡

鮟鱇《あんこう》の干物にほへる天主堂訛りて祈るこゑを聞くなり

首祀る千人塚のバナナの木茶髪のやうに霜焼けてをり

雨匂ふ隠れ切支丹の墓の宿あり夫、妻、倅《せがれ》と刻む

春雨にシューズを濡らし立つてゐる少年のごとき墓に近づく

腹這ひの蟻働ける墓地にゐて輪郭淡くわれは咳をす

干《かん》十字*墓石の脇腹に鑿をもて削りし人の苛立ちを見る

＊切支丹の布教の拠点であった南蛮寺（現在は正覚寺）から発見されたもので、表面には十字架の上にもう一本線を引いた文字が記されており、「干十字」と呼ぶ。

霧かかる寺に仰ぎ見る南蛮樹隠れ切支丹の歳月太く

どれほどの時間がわれを太くする伴天連《バテレン》の樹は鳥を休ます

水俣に隠れ切支丹のごと病める友ひとりもつわれの歳月

## 墓碑銘　馬渡島《まだらしま》

青潮の波間を分けてゆく鳥の隠れ切支丹この
島に来ぬ

啼くキジは何叫びゐる　仏教徒耶蘇教徒いま
だ棲み分かつ島に

「よその人」とわれは呼ばるる椿坂　椿の視線
頭上に浴びて

この島に〈隠れ〉はゐないと人は言ひその眼
力をもつて拒否する

ケータイを明かり取りとして墓碑銘を読めば
同姓ばかりなる村

島風によろめきて聞く　ブラジルの移民とな
りしキリシタンあれば

## 十字章　由布院

草かげに石動かせば鵺鳥《ぬえどり》の心嘆《うちな》く墓の十字章
あり

菱形のくぼみもつ墓の十字章美《は》しと見つむる
　われを咎むな

切支丹の墓にかさこそとゐるわれは盗人のご
としこころ貧しく

言ひすぎて口を覆ひしてのひらを寝墓に置き
ぬ慰めなくに

苔むせる十字の墓の暗がりにゐてキリストの
髯に触れたり

ふとわれが居なくなりたる心地して貌を上ぐ
れば杉の神様

メモすべてなくして想ふ十字墓さびしさのか
ぎり螢あかるむ

抜き足をして歩むとき大鷺《だいさぎ》の目は蛇のごと鋭
かりけり

## 元《もと》帳《ちやう》　五島列島

音に聞く久賀《ひさか》の弾圧われ言へば舟出しくる
島人ありぬ

久賀島　牢屋《ろうや》の窄《さこ》にて

ここは切支丹弾圧による殉教の聖地

算木責め、水責め、火責め、人間に権力をもて人がせしこと

六坪に二百人余りの仮牢に　水《アップ》、水《アップ》　と逝きし六歳

幼子と長老多き殉教者を置き去りのままの臼は見しなり

久賀島の荒磯《ありそ》の岩に腰かけて揚げパンを食む痛しこころは

鴉さへ毛並みよろしと見て戻る舟に鴉は放蕩の痕

福江島　宮原地区

あの家が隠れ切支丹と指さしぬメジロ飼ふ人ほのぼのとして

トラクターに干し草を積み小《ち》さき姿《かげ》帰り来たれり元帳《もとちやう》*なりぬ

*この地区で代々隠れ切支丹の信仰を守り続けている人を元帳という。元帳は少なくなり、現在十三戸しかなく、年配の人ばかりと聞く。訪ねたところ留守で、あきらめて帰ろうとしたところに出会った。

なぜ今に守れると聞けばうぐひすの谷渡りして問ひを打消す

大切に先祖の守り来しゆゑと素朴なる理由凛として言ふ

トラクターに乗りたるままに語りしを帽子を
脱ぎて元帳詫びぬ

葛の葉の切支丹なるはこの人を見よといふご
とし人柄滲む

さびしさに雨を呼ばむか「雨通宿《うとじゅく》」といふ雨
の村五島にありぬ

思想すら貫き通せぬ世にありて浜沈丁の花の
むらさき

## オラショの祈り　生月島《いきつき》

四月三日に多くの殉教地がある生月を訪ねた。島の博物館は山田地区の信者が代々受け継いできたマリア観音像を大切に預かり、保管している。その日は偶然にも信者の一族が集まり、出して、オラショの祈りを唱えるとわかり、同席させていただく。

鯨《いさな》とり　海に架かれる　さみどりの　屈強の
橋　カーナビを　見つつ渡りぬ　見下ろせば
殉教の海に　車ごと　呑まるるごとし　見上
ぐれば　殉教の島は　遠近《をちこち》に　花を挿頭《かざ》しぬ
暁の　鳥ごゑを聞き　福岡を　発ちて来れる
卯花月　三日の島は　花衣《はなごろも》　一族なるか　生
月の　隠れ切支丹　受け継げる　信者はあり
て　わが横に　語らひゐたる　請ひて言ふ
今唱へんと　する祈り　われに聞かせよ　信
者なる　あるは告げたり　受け継げる　こと
の困難　われら今　オラショ唱ふるは　一年《ひととせ》

に　一度《ひとたび》なるぞ　卯花月　三日のあした　何ゆゑに　ここに来たれる　カーナビに　導かれしか　殉教の　島の桜に　呼ばれしか　驚きて聞く

西洋の　音楽のごとし　チベットの　マントラのごとし　信者なる　男三人《みたり》の　唱へゆくオラショの祈り　大方は　わからぬなれど一時間　程の間《あはひ》に　あるときは　さんたまりあと　十字架を　切りて唱和す　一族の　女四人は　男らの　後ろに坐して　ひそひそとまたひそひそと　のどかなる　会話いつまでときどきは　ぷいと吹き出す　オラショとは男によりて　唱へられ　受け継ぎしゆゑ

近づけば　焼けたるといふ　マリア像　置かれて祈る　供へしは　日本酒とするめ　重箱に　女作りし　赤飯と　煮しめなどあり　祈り終へ　分かちくれたる　これこそは　パンと葡萄酒　日本酒と　烏賊をいただく　よきこゑと　オラショのこゑを　誉めたれば　信者なる人も　口々に　また誉め合ひぬ　くらくらと　わが酔ひたるは　ひと息に　飲みたる酒か　葛の葉の　隠れ切支丹　受け継げる人のこころか　山田地区　四百五十年　守り来し　オラショの祈り　白月《しらつき》*の　海に響かむ海ゆ轟け

＊ちょうど満月の日であったが、生月では満月を白月という。

反歌

くらぐらと踏み絵のごとき今もあり迫られて人は思想深くす

II

## ひとり双六

乞目《こひめ》打つひとり双六君知るや祈りのごとし恋のかなかな

天つ火を放てるやうな伝言に君つづくべしと聞けばせつなし

はちすはちす魂《たま》ひらくごと音たてよつれなきは蓮池のこひに似る

木も泣いてゐるやうですこし眩みたり肥後もつこすと君を呼びつつ

ひさかたの天の供物のごとく咲く蓮に塩辛蜻蛉止まれり

てふてふのこゑを聞きたし日盛りの樹間のなかを透き通りつつ

次期人事進む泥《ひぢ》なか衿を立て蓮池の葉は風に吹かるる

蓮を見て珈琲を飲むすずしさにゐて昇進は男の人事

蓮池の木の橋渡るわれといふ越えられぬものわれは越えたし

恋ひ恋ひて鳴くかなかなのうつしみに蓮葉《はちすば》の風他界より吹く

## 人形

初夏の花ひらいてゐるのに人形師は人形つくる永遠の死を

冥界ゆ来たりしごとく人形はこの世ならざる眼差しを投ぐ

沈黙を語りつづくる人形のしづけさに百合は花粉をこぼし

## 従軍牧師《アーミーチャプレン》

顔覆ふ十指の間に覗くごとデルタ地帯に潜める兵士

「枯れ葉剤の少女」の彫刻ゆがみたる顔は苦しく世界をねぢる

ぽんわりと頬をゆるませ飲みし父赤玉ワイン昭和がありき

アメリカの従軍牧師《アーミーチャプレン》さは言へどブッシュの側にきりきり動く

本質を突いてしまへりこころより口が先なる赤唐辛子

## コロス　能「不知火」

二〇〇二年七月十八日
東京国立能楽堂「不知火」公演

風のなき舞台に風を呼ぶ笛を聞く東京のなかの水俣

「不知火」の公演にアッ寂聴さん、型紙のやうにわが前に立つ

水俣の海はぎら、あり、粘着の力もて呼ぶ日本の尻尾

二〇〇四年八月二十八日
水俣湾埋立地「不知火」奉納公演
原作者の石牟礼道子氏挨拶に

鶏も豚も命を養ひし海とニックネーム呼ぶごとく言ふ

不知火のおぼろの月にゆつさりと梅若六郎立ち現れぬ

「不知火」の能果つるまで大潮の波は寄せきてコロスとなれり

水俣の埋め立ての地に地蔵立つ　もじよか顔して死んなはつたと*

*かわいい顔で亡くなったという意味の方言。

## 水俣

はなびらは死を巻ながら散りゆくを首相来ざりき水俣五十年

研究用猫の位牌に猫族とありておびただし木の芽どきの雨

水俣の海の記憶にざりざりと貝殻の耳は砂をこぼしぬ

水俣病判決を見よと集められ山田先生の涙を見たり

小学生の頭むんむんと一台のテレビ囲みき水保病判決

吐きすてて呑み込むごとき水俣の海のゲルニカ茂道《もだう》にありぬ

蓮池にこゑなきものは静止して聴く山鳩のキリエ・エレイソン

ヘドロ埋めし水俣湾の蓮池に蒲の穂はじつと天を突くのみ

車椅子のフェンス越しに見るさくら遠くへゆける風をつかめよ

空洞となりたる花の万の眼が映す水俣の青の深さよ

残月の少しかかりて不知火海《しらぬひ》は鳰鳥《そにどり》の青き器を湛ふ

住民の亀裂を生みし水俣病人のなかにも苦海ありにき

ぬるつぬるつと雷魚うごめくふるさとの水わが生の深き底より

不知火海《しらぬひ》は濡れ刃のごとし切支丹迫害の島と水俣のあはひに

Ⅲ

# 礼拝少女

ひかり風くぐりて走る一年生たんぽぽ星人たちの春です

眠りたる頭を出して「透垣《すいがい》はフェンスのことか」と生徒が聞きぬ

くちばしを懐に入れまた眠る鴨にかも似む礼拝少女

菊綿をアロマと説けば鬱屈の生徒近づく式部の日記

どこまでも春は眠たしささがにの雲はふかぶかふとんに見えて

雨の日はこゑ低くなる楽しさになまあたたかく鳩が鳴くなり

本当に叱りたいのは子か親か二つの背中見送りてなほ

直球でばんばんとくる仕事また避けられずくるポプラのひかり

## 青い風の駅

空撓む六月の午後手から手へ職員室にみどり児を抱く

教室の子らが近づく自転車を漕げないわれを言ひし時より

花散りてみどり走れる吉野山帽子を振りてわれも走れり

水色のブラウスのなか吹きわたる青葉の風の駅なりわれは

## 古代エジプト展

エジプトのミイラの柩を見てまはり永遠のなかをわれら横断す

死者のなき柩のなかを覗くとき溜息に触れて空気が淀む

木棺に四人家族の描かれしはるかなる死者を想ひて独り

エジプトの空とナイルの落としもののやうに河馬ゐるあをくしづけく

## 強めのシャワー

女人国長人国とゐまひつつ古伊万里に描きし絵師のこころや

人のこころほのかに見えて遠ざけて近づけて酔ふ酒「李白」かな

題詠「強めのシャワー」

宍道湖は千手観音の手に打たれ強めのシャワー浴びてゐるなり

海底《うなぞこ》は手力の神の肩車九十九里島どの島タカーイ

## びつたれおどし

松の葉に菊戴《キクイタダキ》のぶら下がるちひさな朝を今日の力にす

推薦書三十通を書き終えて山はもういいと思ふまでもみぢ

振り向けば塩の柱にされし人聖書にありて中年走る

あかあかと浜辺は暮れてハイタカを鴉追ひつむ戦火に遠く

くつつき虫くつつけて上る四十坂わたしは吾
を背負つてゆくのか

湯に眠り浦島のわれつくづくとしわしわの掌《て》
と対面をせり

ひとり棲むマンションの部屋に鍵をかけだん
だん私になつてゆく夜半

東北の寒さを連れてくる風にきりたんぽ鍋ほ
はほはと食む

受験生顔を赤らめ解答しふうと息せりよきも
のを見き

ミシシッピ赤耳亀は思案してびつたれおどし*
にぬうと沈みぬ

＊博多の言葉で、晩秋の頃の急にくる寒さを言う。

老亀もびびる博多弁がまがまとかまへて*冬の
白球を待つ

＊冬の寒さに十分に備えること。

瑣末なることとは言へど教室の机をむんとは
み出せる足

馬場先生きつぱりと言ふ「あれは野火」　野火
だ野火だと遅れて騒ぐ

コンビニに水ひとつ求め生きがたき身は仏蘭
西の川となるべし

Ⅳ

## 福岡沖地震

その時、上空の機内にいた

大地震《おほなゐ》をゆらりと抜けて飛ぶ鳥のあやふさにゆく東京歌会

青空の痛みのやうに窓ガラス割れ散つてゆく春のビル街

余震つづく書斎の恐怖この背中じつと見つむる本棚がある

余震強し対応悪いと抗議受け〈歩く学校〉頭を下げぬ

## 長岡の花火

長岡の犠牲者のためにまづ上がる花火渾身の力に咲《ひら》く

たくさんの人に生かされてわれは見るひとりの名呼ばれ花火上がるを

四十代走りつぱなしの空虚さに身は火照りつつ花火見てをり

長岡の花火を見つつ酔ふ酒に天はまた下る火滝となりぬ

## 螺鈿の月

さよならの後に振りむくことなかれ金木犀の濃き闇を吸ふ

虫すだくさやかな空の群青に螺鈿細工の月鳴りいづる

## 龍の風

新学期はじめの授業うれしくて〈授業びらき〉せむ春雲の下

## 無力な耳

いたづらといぢめの境に苦しめばわが耳に向け生徒は絶叫す

やり場なく担任のわれに叫びたるこゑを記憶す無力な耳は

暁に生徒叫びて目覚めたり耳のなかにも学校ありぬ

飛ぶ鳥の明日またくるやうに去る卒業の子らよ「いつてらつしやい」

## アイヌ墓地

かしぐ墓と寄れば俄にこみあぐるクリスチャンなりアイヌの墓は

墓標《クワシリ》の身を切るごとき十字架に縄文系倭人のわれと名告りぬ

裂かれたる蕾のなかに子らはゐて二歳七歳三歳死せり

立てし指に蜻蛉とまらせゆく墓地にアイヌの若《も》しは吾子よ寄り来よ

風を呼び風を送れる柏の木十歳に満たざる死
者の頭上に

抑圧に埋もれし塚のくらがりに入れば靴底に
土は応ふる

槍形の木の墓標ここに亡びたるアイヌの勇者
なほ天を突く

墓参りの習慣なき墓地に咲く百合うなだれて
ランプを点す

赤蜻蛉やがて飛べない無時間のしづけさのな
かへ浮遊してゆく

朽ち果つる墓地の真中《まなか》に沈黙の力を帯びて槐
立ち上がる

墓なるはひかりの舟と思ふまであらくさとな
りし墓地に陽が射す

# 『キットカットの声援』（抄）

（第四歌集・二〇一三年刊）

## I

### 春へ

大宇宙つくり給へる手を想ふまつ白な雪を転がしながら

知恵の実の林檎を取りし罪の手は人の弁当を間違へて食ぶ

中一の授業してまた高三へ戻り授業すふたつの日本語

燃えるやうな恋はしたのかと聞かれをりしてみたい子としたくない子に

洋服をほめ合ふ女の関心に背をむけて飲む朝のカフェオレ

しよぼしよぼと釦を付くるさびしさよジャケットの国にあかりを点す

ひとりごと多くなりたる春のバスつぶやきはどうぞ小鳥のこゑで

天の戸をおしひらくやうなアカペラの賛美歌を聴くさんぐわつのゆき

核保有国には弱いアメリカの傾いた傘に足を濡らせり

ぎよつとしてすぐに慣れゆく生徒たち渡り廊下の鼠の臓器

あたらしい教科書の匂ひを嗅いでゐる中一の子らよ「はる」を開かう

「はる」谷川俊太郎の詩の題

## 龍の渡り

渡らざる鵯《ひよ》もをりたる天《あめ》の下修行者のごと渡る鵯あり

背後からぴーよぴーよと呼ぶ鵯は椿の花粉口につけたり

いま渡ると見せて戻れる群れもあり飛び込み台の子どものやうに

ひよどりの千羽の群れが龍となり忽ち渡る関門海峡

海峡の上空を時速四百キロはやぶさの口はひよどり銜ふ

いつせいに鳴かなくなりぬ　次の群れ数分間の弔ひなるも

銜へたる鴨をぽーんと雌に投ぐはやぶさたちの求愛の空

弔ひの鴨の一団飛びたちて風の帯見ゆ龍の渡りの

## ひめぢよをん

くちびるにニッと力を入れてみる哀しいときの笑顔の温度

ひめぢよをん幼な遊びに手にとればふつ、ふつ、ふうと花びら飛ばす

色褪せてゆくさびしさに立ち止まる同窓会といふベンチあり

忘れかけし怒りがふつと甦り爪弾くごとく時鳥鳴く

# こころを上げて

笹五位が子育てをする楠のドームの下を帰りゆくかな

作文の添削指導に苦しめるひと夜あす雨、とあまがへる鳴く

オノマトペの授業よと言へばげほげほと子ら笑ひだす尾野眞帆さんゐて

ちよつと違ふだいぶ違ふと思ひつつ偉くもないが穏やかに聞く

このわれのひとひらの背にさはがしき鳥が来たりぬ帯状疱疹

教室に長老と呼ぶは誕生日いちばん早い子十七歳なり

折りたたみ可能な笑顔を畳むときずんと疲れたり　銀河の柄杓

シャンプーの台に眠れり美容師のラフマニノフのやうな大き手

あの虹の高さまでぐんと飛べるかな子どもとはバネなりこころを上げて

# 太宰府・都府楼

天平の石臼ありぬ遺失物置き場のやうな顔をもつ町

ぜんまいの葉に触れしとき朝露のぎんいろ王子泣かせてしまふ

グエッグエッと胸をそらせて鳴く鳥はピラカンサスの赤い実たべた

楡の木の翼果とび散る風の日はいつせいに侏儒のヘリコプター発つ

しかすがに蟇《ひき》は鳴くなり道真の五十六歳若くなかりき

ふみふみて観世音寺をゆく肩にきはまりてまた舞ひ散るもみぢ

梅の香のさゆらに届く大宰府にあきらめきれぬ悔しさもある

熟れし柿すする鵯のやはらかき喉を想ひて坂を下りぬ

鐘といふしづけさを聴くやはらかに観世音寺の鐘が鳴るなり

## 芸《うん》亭《てい》

音楽は詩を語りいづドビッシーの前奏曲に下りゆくとき

うたた寝より覚むればここは漢文の文字の回廊ゆきつもどりつ

乾杯の音をカリンと鳴らすときグラスのなかでワインは踊る

広重の雨さながらに風吹けり吉塚うなぎ屋の窓辺の柳

女生徒の名前に「菜」の字多くあり咲きたい空気充つる教室

教へ子と表参道で再会すゼブラゾーンをたぐり寄せつつ

ゆで卵かちんと割つてしづかなり誰のものでもない私の朝は

ああルオーのキリストを見る　砕かれたこころで吾はペンをもたねば

知るといふしづかな涙をこぼしたり　ある夜月よみは芸亭*のなかに

＊「芸亭」は奈良時代に建てられた日本最初の公開図書館

## 嚔する猫

ハーモニカの中にはいくつも部屋がありいにしへの使徒に会へる気がする

をかしくてわれは笑へずいにしへの難くせ僧侶のごとしこの人

「先生が頼りです」なんて言はれをりどうかなあ吾は吾さへ裏切る

笑ってはいけない、いけない　眉検査に前髪を切り貼りつけて来ぬ

髪を切りソックタッチで眉に貼る今ごろこんな生徒頼もし

うつすらと笑ひて話す抵抗を人は知らずや眼鏡をずらす

## 曲のしづく

はじまりはなんとさびしき楽器かな裸形の空に骨を奏でて

校歌なき東京藝大歩みつつ国語教師のくちずさむ賛美歌

東京は幾何学的に動きゆく赤い背の椅子にわたしを残し

マーラーの曲終はりたるひとしづく　この美酒に酔ひ拍手わき起こる

教室に光の束となりて入るバッハテスト*を終へし生徒ら

＊バッハの曲のピアノテスト

教室のグランドピアノに映りたる逆さの桜かわれに映るわれ

## 象の鼻

悲鳴あぐる体にふはり水色のワンピースのなか人を避けたり

「象たちの鼻より長い人生」と作文に書く中一まぶしく

言ひすぎて言ひすぎてわれはご破算で願ひましてとはもうゆかぬなり

わが耳に聞こえぬ音を拾ひたる女子高生のさみどりの耳

## 茗　荷

賢治より千の螢と言はれたる豆電球の下でメールす

はしけやし明石の浦に立つ霧にチョー、ヤバ、スゲーと若きらは言ふ

古伊万里の絵柄の人はぶらんこを漕ぎつつ巴里の空に消えたり

ほろろんと保命酒に酔ふつじつまの合はないことを考へし後

あなにやしえをとこの手が伸びてきて契りもあらず茗荷をとりぬ

## マンション

わが椅子にぺたんの神がゐると言ふ　訪ね来し母坐つたままで

お母さん一室をどうぞ　購ひしわがマンションにひとりの母を

「使ひ方同じなんだよ」冷蔵庫洗濯機を買ふ実家におなじく

「海までは歩いてゆける」リビングの窓を右ひだり右と拭きをり

奪ひ合ふほどにあらねど紅白のスリッパの赤を母がまづ履く

わが家に遊びにくると生徒たち班をどんどん作り怖ろし

受験生の担任なれば言ふ「合格をした後に来よ」「しなくても来よ」

## Ⅱ

### キットカット

キットカットを生徒に配りがんばれと言ひすぎてしまふセンター試験

卒業の答辞をのぞく行間に「泣くな泣くな」と鉛筆の文字

世に凛と出る心得はござるかな　成人の日に鱓《うつぼ》言ひたり

ふらり入りふらり出でゆく人の世の暖簾がさ
びし石田比呂志逝く

## 大震災

泣きながら家族を捜す被災の子見らるる者は
見る者を射る

高レベル放射性廃棄物に泣くキリストが生《あ》れ
てまだ二〇一一年

ミナマタの海の記憶をもつわれは眼を閉ぢて
フクシマになる

さやうならもうさやうならわたしわたしわた
しと言ひし時代よさらば

## 仮面武装

空港の動く歩道を走る、走れ、走りるれああ
足が縺れて

聞こえよき耳となりたる夏休み閉ぢかけた扉を世界にひらく

カバン投げせうとカバンを投げてくる五歳のあそびを知つてるカバン

振り向いて辞す人と振り向かぬありいづれ寂しき退職の門

まなこ洗ふ緑雨の電車に隣り合ふ仮面武装の過程なる人

## 武蔵

自らを炊事軍曹といふ母の青葉の川の鮎の甘露煮

「受験には要らんチャケン」と漢文の教科書を叩きわれを睨みぬ

逆光に立つは武蔵かゆくぞわれ見えねどもただ光降りくる

しぼしぼと目を細めつつ覗き焼くししやもはまだか喰はるるししやも

## 折り鶴

週末の折れたこころにしみてくる車谷長吉人生相談

ももいろのサングラスかけ見分けたし有用でなくもあてにできるひと

愛の息ふきかけて書く批評あり折り鶴をふつと立たせるやうに

合格の判定Bとなりし子に担任一兵くわつと笑へり

## 夕　桜

外耳道癌に削がれし父の耳わが耳となり月にまどろむ

たらちねは遠ざかる橋　また来てと言へば少しの着替へ置きゆく

手作りの苺のジャムに陽は射せり　実家に帰つてしまつた母の

夕桜　老いゆく母がふとわれに一緒に風呂に入らうと言ふ

## かたむける壺

かたむける壺に流るる民としてフクシマを見るわれのミナマタ

夢殿のかたはらを過ぐ春風のやうに儚くかりそめ吾は

大空の底なる春の法隆寺たらちねに似て観音います

わが子なきこの世の果ての掌にずつしりと重し葡萄一房

## オットセイ

たくさんの絵の中のただ一枚の青に触れられ美術館を出る

坑道を掘るごとき夏、過去問を解いては解いては子らに解説す

中一はおつとびつくりオットセイ後ろから来て目隠しをする

柩ほどの掃除用具の置き場からミイラにあらず生徒出てくる

## 蝶をつまむ指

靴さへも体であれば恥づかしく上がり框の隅に置きたり

太陽にルビふるごとき金星の位置を確かめ授業へ急ぐ

青鷺は羽根を広げて虫干しす中洲の秋の陽の濃淡に

やまゆりにはばたく蝶をつまむ指の暗がりに打つ携帯メール

## 今さらジロー

食の貧つひに極まり枝豆をちらほら食べて職場へ急ぐ

職員室の灯りを消して帰るとき寮生のパイプオルガン響く

「妬まれていたのよあなた」と言はれても今さらジロー鼻先かすむ

今日の授業恥づかしいほどダメだつた火照つた頰を両手でつつむ

持ち帰る仕事を両手にぶらさげて雑踏に佇つ障害物われ

## イベリコ豚

内戦に鳥はさまよひアレッポの石鹼に泡立つわれは平和か

『方丈記』の鶚は人を怖るれど危険なミサゴ普天間へゆく

胸の奥で山椒喰《さんせうくひ》が鳴いてゐる　人のこころをひりりと噛んだ

## 蕊

生き延ぶるために心を三つ書く性転換なすヤツデの蕊も

降る雪や生徒は遠くなりにけりセンター試験の小林秀雄

身にふかく食い込ませたる守秘義務がふとあ
かるみてひとり笑ひす

ふくらみて沈みてふくらむ生徒たち六年間の
こころに出入りす

絵の少女のまばたきの間の一瞬に産み落とさ
れしひと世かわれは

III

## ユダの銀貨

ハライソをひとり思ひて水俣の内なる海がさ
わぐ福島

ここもまた「流民の都」* マスクして飯舘を過
ぐわれの水俣

＊石牟礼道子にこの題名の散文集がある

ひばりひばりまた見失ふ蒼穹ゆこゑのしづく
を落としたるまま

耕せぬ南相馬の農の手は豆餅を焼いてわれに
呉れたり

人去りし小高区の田に立つてゐる火の見櫓と
白鳥の足

ガードレールにゆつと歪める町に聞くおばあ
さんまだ見つからぬといふこゑ

車両などいくつも転覆してをりぬ人の名を叫
ぶ言葉をもたず

原子力発電所日本にいくつある散らばれるユ
ダの銀貨のごとく

心平のモリアヲガヘル嘆くなくけけけと鳴か
むにんげんを嗤へ

水俣の海のものなるわれの手はむかし震へて
友は真似たり

人間のものだけではない　心平のカヘルぺし
ぺし物申すべし

ころんでもここはだいぢやうぶ　屋内の砂場
に穴を掘つてゐる子よ

## アンモナイトの螺旋

過去形でしか話せなくなつた子はアンモナイトの螺旋を描く

球場にある仮設住宅　月を見てスコアボードにおやすみなさい

鳴りやまぬクラクションいまだ聞こゆると両手もてふさぐ女の耳は

生活も死者も背負へる被災地の五十代をわが五十代かなしむ

この舟で食べてきたんだ捨てられぬ　漁師のこころを包む舟なり

捨てられぬ漁師の舟は積まれたり永遠のごとくそこに陽が射す

「あの家は被害を受けた」「受けてない」遠き日のわが水俣を見る

されど尚にんげんのこゑあたたかくそを聞きて咲く一輪の花も

めらめらと家を倒して陸に来しこの大船の主を憎むな

陸では船は劣化する

「気仙沼の負の遺産にせよ」「撤去せよ」陸にあがりし船を指さす

## かなしい翼

家跡におかつぱ頭の子どもきてぱつと手を合はせ拝んで去りぬ

トラクターの免許をとりし親ありぬまだやはらかき子を捜すため

忘れ得ぬものに思へど何するもなく手を合はすのみ大川小前

「高台」も「避難」の言葉もわからなく漁師妻なるフィリピーナ死す

朝を待つ野の花のごとき生徒らが交流をしてきし志津川高校

あばら骨むき出しのまま立つてをり防災庁舎の赤茶けた鉄骨

寄せ書きと千羽の鶴を生徒らはわれにあづけて卒業したり

両の手を廃墟に合はすピアノソナタ第三楽章
ショパンを胸に

生徒なき運動場を見下ろしぬ朽ち果つるもの
は翼をひろげ

創世記につくられしものは「よし」とされ水
あるところ鳥がきてゐる

# 歌論・エッセイ

# 北原白秋論：i——群れない雀

沢知恵という歌手がいる。日本人と韓国人の間に生まれて、日本、韓国、アメリカで育ち、東京藝大在学中に歌手デビュー。一九九八年に韓国で初めて日本語で歌った人として話題になった。香川県のハンセン病療養所「大島青松園」で無料コンサートを行うなど、活動範囲は広く、心を打つシンガーとして私が今、最も惹かれる人である。両親が牧師であるが、母親の金纓氏は牧師であり、世界を旅するエッセイストと言ったらよいだろうか。私はキリスト教主義の学校に勤めている関係から、数年前からこの母娘に縁があった。昨年の夏もこれまでのように学校の夏のキリスト教の修養会に金纓氏に仙台から来ていただいて、霧島で合宿をした。生徒三十名位に教師が八名位ののんびりとした会で、何でも話せる雰囲気があったが、その金纓先生がこの四月から契約教員として同じ学院に赴任され、大学の礼拝の説教やキリスト教概論の授業を担当されていることもあり、より近くなった感じがする。一緒に食事をしながら、白秋と金纓先生の父、金素雲氏の話になった。金素雲氏も数奇な運命をたどった人であり、また文筆家として大韓民国銀冠文化勲章を受けた人である。沢知恵から話がだんだんアブラハムの家系図のようになってしまった。しかし、面白いのでその話を続けることにする。

金素雲は十二歳で日本に渡り苦学し、十六歳の時いったん韓国で就職するものの翌年に再び来日。白鳥省吾の主宰する詩誌『地上楽園』に「朝鮮の農民歌謡」を連載していく。『天の涯に生くるとも』（金素雲著）に詳しいが、韓国から集まった同胞のいる本所や深川の労働者の集まっている所を、雨の日といえば故郷の歌を聞かせてくれと訪ねて行く。生活感情に直結した歌を求めても、歌ってくれるのは高尚な歌ばかりで収集は困難を極めたと言う。二十歳の時、朝鮮民謡の訳稿を手にして北原白秋を訪ねたのは昭和三年のことであった。それが認められ、その年の八月、白秋の肝煎りで「金素雲を紹介する夕」が開かれることになった。今でいう出版記念会に似たものだと思う。ところが、その会の二、三日前に何か異議を唱えて金素雲は版元と衝突をしてしまう。会全体の費用は当時三百円。版元が支払うことになっていた。「三百円はおろか三円だって私の財布にはない。私のために集まったお客の前で、私はすっかりいらだち、不安げな表情をしていたらしい。最後の客が席を立って四、五人だけが残った頃だった。白秋先生は悪戯っ子みたいに、酔眼に微笑を浮べて私の方を見て、『この人は――、葬式の家に来た人かね？　そんな心配そうな顔をして――。君の気がかりを消す即効薬があるぞ――、心配せずに顔をちとゆるめろ――』と言いながら、チョッキの内ポケットから三百円を取り出した。（『天の涯に生くるとも』）この話には後日談がある。金素雲はその一ヶ月後、新聞記者出身の詩人から白秋の悪い噂を耳にする。その友人の朝日新聞の学芸部の記者からの手紙に「――幾日か前、北原白秋が頼んでもいない短歌三十首を送ってきて、有無を言わさず稿料三百円を支払わされたが、白秋もこんなになるとは行商人と変りない……」とあることを知る。その日付が一致し、「私のために先生の本意でない〈原稿の持ち込み〉をしたとなれば――」「〈北原白秋〉という日本の詩人に、私は字一文字習ったこともなく、詩文一編の添削を受けたこともなかった。けれども、そんな実際的な恩誼とは比べものにならない大きな借りを私はこの人に負った」（『天の涯に生くるとも』）と語っている。

金素雲はその後、文学者として活躍し、また同時に波乱に満ちた人生を送るのだが、異国の青年詩人の出発を支えた白秋の人間像に私は心が動かされるのである。これはかつてのエリートのものではない。人を見下ろさない。さりげなく自分の肉を削っている。ここには恵まれないものの辛さを知る民衆としての白秋がいる。同じく白秋の二つの血を分けた日本の朔太郎や犀星といった詩人達、萩原朔太郎は芸術性を、室生犀星は庶民性を受け継いでいるとも言われているが、その民衆性が出てきたのが『雀の生活』『雀の卵』の時期と言えるだろう。

白秋は、大正十年に第三歌集『雀の卵』を出版する。随筆集『雀の生活』はその前年である。第二歌集『雲母集』から第三歌集の間に六年の歳月が流れているが、白秋の旺盛な文筆活動からすると、これは間が長いと言える。「米櫃に米のかすかに音するは白玉のごとはかなかりけり」と歌ったように貧窮のどん底にあったことにも因ると思うが、「大正七年六月六日、白秋は『ザンボア』（第二次「朱欒」）に『別れの言葉』という文章を書いた。これはかれが主宰していた紫烟草舎の解散宣言であり、同時に白秋の短歌への訣別宣言でもあった。」（『北原白秋』三木卓）というような状況で、アララギに傾いている歌壇の雰囲気を白秋が「不愉快」と感じていたためでもあった。『雀の卵』は編年体ではなく、制作時期からすると「輪廻三鈔」「雀の卵」「葛飾閑吟集」の順序になる。

山がつが手斧ふりあげ打つごとし有るべき事か親が子をたたく
老いぼれの山の古狐蹴るごとし有るべき事か子が親を蹴る
親ぞ子ぞたたくなかれとふるへゐつたたけたたけと人覗きゐつ

「長屋者」という一連の歌であるが、白秋は自身の感情を生き生きと挿入させながら、子に手をあげる親、親に暴力を振るう子ども、そして他人事なれば、よその家の喧嘩は面白くのぞき見をする第三者を、感情むき出しのままに描いている。

父の背に石鹼つけつつ母のこと吾が訊いてゐる月夜こほろぎ
鞠もちて遊ぶ子供を鞠もたぬ子供見惚るる山ざくら花

よく知られた歌であるが、庶民の空気や心根が伝わり、好きな歌である。この歌を効果的にしているのは「月夜こほろぎ」「山ざくら花」と名詞で止めた結句の力にもよると思う。風呂場の外のしんしんとした秋の情景が浮かび、二首目では結句で読者はなんとなく救われたような気持ちになる。鞠を持つ子にも持たない子にも等しく桜の花びらは流れている。
たとえば、現代短歌では、

子を欲るはわれへのくさり子を欲りて愛ため
すなれ五月のすもも　馬場あき子

病みて七年癒えてさらなる命さへ蕩たるかな
や卯月のさくら　安永　蕗子

などの効果的な結句の用い方は作歌上とても参考になるが、白秋の歌は古びていない。寧ろ作歌の秘密があるような気になる。体言止めにありがちな言い切りの強さに終わっていない。なんだろう、やわらかく風景が揺れている。

随筆集『雀の生活』において、白秋は単なるその観察者ではなく、雀に自己を投入し、生活人としての自分を築いていったと言える。杜鵑でもなく、まして空渡る雁でもない。近所を普段着でとことこ歩いているようなわずか十三センチの留鳥。この雀に自分がいかになっていくのか。この随筆はその道場のような趣さえする。

歌集『雀の卵』の中に「アッシジの聖の歌」という長歌と「こども」というひらがな書きの短めの詩のような作品が収められている。前者は、十二世紀末にアッシジの裕福な商人の家に生まれたフランチェスコが、何不自由ない生活の後、人間の弱さや愛おしさに目覚めてすべてを投げ出してキリスト教の布教活動をしながら清貧の一生を送ったという話の背景をもつ。「小鳥に説教するフランチェスコ」はよく知られ、野の鳥でさえフランチェスコの説教に耳を傾けたと伝えられている。この長歌のなかで白秋は「フランチェスコは御空を仰ぎて、主よ、主の奴僕はかくありぬ、かく貧しきが故にこそ世のあらゆるもろもろの御宝をも却つて主のごとく、この身ひとつに保ちまつる。ありがたや、ハレルヤとぞ涙ながして讃め禱りませば、雀もともに、ハレルヤ、ハレルヤと眼を上げ涙ながして御空を仰ぐ」と歌う。白秋にはキリスト教的信仰の匂いはしないけれども、何かの伝記を通じてフランチェスコの話を知ったであろう白秋のイノセントな姿が感じられる。

　松下俊子と別れ、その二年後二人目の妻江口章子と結婚。「白秋およめさまをもらひ嬉しくてたまらず候。然るところ、この度の新居は真間の手児奈の後どころにて風致極めてよろしく、きのふけふは雨の中に雀のこゑ幽かに明るくきこえ居候」(『白秋全集39書簡』岩波書店)と少しおどけてアララギ諸兄宛に手紙を出している。気持ちははしゃいでいても、現実的には食うか食わずの生活。『雀の卵』の「葛飾閑吟集」はこの時期と一致する。

　　昼ながら幽かに光る螢一つ孟宗の藪を出でて消えたり

　　咳すれば淋しからしか軒端より雀さかさにさしのぞきをる

　　この冬は貧しかりけり庭つ鳥の餌をひろふかにひろふ飯の粒

　　貧しけば豆なとまかめと襷かけてさびしき妻や鬼は外と云ふ

　この厳しい時期に一首目のような名歌は生まれ、また心に沁みる歌が多いのも事実だ。しかし、「葛飾閑吟集」のなかで圧倒されるのは長歌三首と反歌を含む「米の白玉」の一連である。長いので引用は一部にとどめたいが、長歌はすべて「ましら玉、しら玉あはれ、白玉の米、玉の米、米の玉あはれ」と歌い出す。まるで歌謡曲の一番二番三番のリフレインのように。ここまでくると歌われている内容は厳しくても、米を食べる雀自身が白玉になったかのようであっても、心には沁みない。米を「白玉」と美称の言葉で歌うのは民衆の感覚というよりは芸術家の感性なのではないか。『雀の卵』において白秋は芸術派から民衆派へと転換をなしたと私は言おうとしてこの辺で立ち止まる。進まなくなってしまった。

筑紫の三瀦男子が酔ひ泣くと夏はこぞりて蟹槁きつぶす

先程の米の歌より少し早い時期のものである。巧い歌とは言い難いが、庶民の生活が感じられるものとして挙げる。白秋の故郷柳川は三瀦ではないが、福岡県の筑後地方の一部を三瀦と呼ぶ。土地の人は自分を「三瀦男子」とは言わない。しかし、ここで酔っているのは他でもない白秋。筑紫次郎とも呼ばれる筑後川の支流に竹の籠を沈めて沢蟹をとって食する。庶民の暮らしの迫力のようなものがある。

随筆集『雀の生活』で「雀は単純なリアリストです。私は思ひます。雀の聲と呼吸を透明な玻璃の圓球に封じられるものなら、それこそ真の不老不死の霊薬でせう」「私もその雀から救われた一人です」というように白秋の救世主となったものは大いなるものでも、立派なものでもなく鴉の三分の一にも満たないちっぽけな雀だったのである。これは芸術派から民衆派への転換ではなく、民衆力ともいえるリアルな庶民の力の獲得なのではあるまいか。

厳しい時代でもあった。少し後には、シベリア出兵、米騒動、朝鮮独立運動が起こり、やがて不況による失業者が激増し、戦後恐慌が始まる。そんな時代に鈴木三重吉の児童芸術雑誌『赤い鳥』が創刊され、全国に童謡熱が高まっていく。江口章子と出会う前から鈴木三重吉と面識があった白秋は『赤い鳥』の童謡欄を担当する。

ひし　　熊本県荒尾小学校二年　海達公子

こがつた
ひしのみ
うらで
もずが

ないた

（『評伝海達公子』規工川佑輔　熊日出版）

後に海達公子のような少女を見い出し、育てても いる。白秋自身が初の童謡集『とんぼの眼球』を弟、鉄雄のアルスより刊行したのが大正八年で、『雀の生活』の前年、『雀の卵』の二年前になる。貧窮のどん底から脱出できたのは精神的には雀の力なのかもしれないが、チャンスをくれた鈴木三重吉の力による。白秋の童謡は雀の声になって歌うことだったのかもしれない。群れないさびしい雀である。

（「梁」七一号、二〇〇六年三月）

# 北原白秋論ii——五足の靴

「五足の靴が五個の人間を運んで東京を出た。」という書き出しではじまる「五足の靴」は、明治四十年「明星」に集まった五人の若者が七月二十八日から約一カ月の間、九州を旅した時の紀行文である。東京二六新聞に五人が交互に執筆していて、二十九回にわたっている。

メンバーは新詩社主幹の与謝野寛（三十四歳。明治三十八年に「鉄幹」の号を廃止）、平野万里（二十二歳。同人歴四年）、吉井勇（二十一歳。同人歴二年半）、太田正雄（二十二歳。同人歴半年。後の木下杢太郎）、北原白秋（二十二歳。同人歴一年半）の五人。新詩社には「われらは互いに詩を発揮せんとす。われらの詩は古人の詩を模倣するにあらず、われらの詩なり、否、われら一人一人の発明したる詩なり」「新詩社には社友の交情ありて師弟の関係なし」等、七項目の清規(「國文學」平成十四年六月号による)があり、鉄幹と他の四人は師弟関係はないものの、白秋は鉄幹の添削に対してかなりの不満をもっていたことなどが、白秋書簡(長田秀雄宛の手紙)に残っている。この旅の翌年、白秋、杢太郎、勇、長田秀雄等、七名が新詩社を脱退し「明星」が廃刊に追い込まれたことを思うと、一見、若い教師と学生のゼミ旅行のような年齢構成でありつつも、後に人間関係の破局を迎える鉄幹と白秋の微妙な時期の旅であった。しかし、白秋の文学者としての出発において、まことに意義深い旅ではある。

五足の靴の旅は西九州のキリシタン遺跡との出会いであったと一般に言われることが多い。はたしてそうだろうか。

年譜によると、白秋の父、長太郎の三番目の妻として、白秋の母しけは嫁いでいる。しけの父、石井業隆(白秋の本名「隆吉」はここから一字もらっている)は熊本県玉名郡関外目村(現在の南関)の素封家で、知識人でもあり、孫にフランス国家を歌ってくれた人であったと伝えられている。その四男、白秋の母の一番末の弟、石井道真は熊本英学校で学び、十歳頃の白秋に影響を与えたとある。

私は中学、高校時代を熊本にあるキリスト教主義の学校でのんのんと過ごした。十二歳~十四歳の頃は寮生でもあったので、近くの教会に行かされた。そこで聞いた話や学校の礼拝の話はほとんど忘れてしまったが、熊本バンドについて何度か熱く語られたことは覚えている。徳富蘇峰、蘆花兄弟とたまたま同郷であったので、そこだけ覚えているのかもしれない。一八七一年に開校した熊本洋学校はすべての授業を英語で行うような先進的な学校で、教官に元米国陸軍大尉ジェーンズというプロテスタント系の熱心な信徒がいて、蘇峰や海老名弾正をはじめ、多くの生徒たちが感化を受けて、キリスト教に入信した。そして、「熊本バンド」という信徒団を結成する。同校の廃校にあたり、ジェーンズの勧めにより、同志社英学校へ進学する。同志社は言うまでもなく、一八七五年群馬県出身の新島襄によって創立されたが、その第一回卒業生が全員「熊本バンド」の学生であったことは案外知られていないかもしれない。その一人に海老名弾正がいて、群馬県で伝道活動をした後、熊本に一旦帰り、教会を建設したり、熊本英学校を創立し、初代校長を務めたりしている。神戸教会や東京の本郷教会の牧師をしたり、第八代同志社大学総長になったのはそれから後のことである。

弾正によって創立された熊本英学校は、その頃キリスト教教育への熱くて強い感化力をもって学生を育てたはずである。弾正はもともと白秋の故郷、柳川の人で、筑後藩士、海老名休也の長男。武士の子として、藩校である伝習館に学んだ。伝習館で学んだ白秋の大先輩になる。白秋の叔父、石井道真は弾正が去ってまもなく、熊本英学校で学んだ。叔父とは言っても、七歳しか離れていないので兄貴のような存在だったかもしれない。白秋は道真からキリスト教の話を聞き、憧れをもってキリスト教の知識を得、一緒に賛美歌を歌ったりしたと思われる。

なぜ、そんな白秋が同志社でなく早稲田に進んだのだろう。伝習館中学の歴史の教師、牧野義智が早稲田出身であって、白秋に影響を与えたと言われている。柳川のトンカ・ジョン（良家の長男）として育った白秋は、当時の南蛮文化に触れる機会はあったであろうし、キリスト教学校の熱い時代の教育を受けた叔父の存在からしても、キリスト教に対するかなりの知識はあったものと思われる。しかし、幸か不幸か信仰に繋がらなかった。ここに白秋の五足の靴の旅を基にした作品の面白さはあり、ひいては文学者としての出発がある。

五足の靴の旅にあたり、白秋は故郷の同人誌「常磐木」の仲間であった白仁勝衛にいろいろとお願いの葉書（六月四日、六月十三日、七月十三日、七月二十四日）と手紙（六月十九日、七月八日）を頻繁に出している。一部を抜粋する。

6月4日　来る八月上旬新詩社同人与謝野、吉井両氏及び小生の三人九州旅行致すことに相成候

に付常磐木のよしみにより何卒いろ〳〵の便宜を与へられたく希望仕候（以下、略）

6月13日　この旅行には平野万里氏も同行のよし（以下、略）

6月19日　たゞ修養のために九州の自然をも観、人々にも接したきためにこの企を計りしにすぎず（以下、略）

（「白秋全集39」書簡）

この旅は当初、三人の予定だったこと、旅の目的はキリシタン遺跡の探訪ではなかったことがわかる内容である。これら書簡には登場しない太田正雄（杢太郎）が途中から加わり、誰よりも「しきりに切支丹の文献を読みふけり、いろいろの南蛮文学の資料を集めていた」（吉井勇「筑紫雑記」）そうで、杢太郎の牽引力によって、キリシタン遺跡の探訪がなされたのである。杢太郎は文学のみならず、医学博士として大きな仕事をなした人で、大正十年から三年間パリの病院で医学の研究をしつつ、滞在中にスペインとポルトガルでキリシタン研究のための資料を見いだしたことでも知られる。この杢太郎こそ、少年の頃から胸深く眠っていた白秋のキリスト教への関心、或いは憧憬と言っていいかもしれないが、そうした火種に金の油を注いだ人であると言えるだろう。白秋の文学的出発において、きっかけを作った一人である。

旅は当初鹿児島へ行く予定などもあったが計画の途中で変更されている。東京を夜行列車で出発した五人は厳島―赤間関（下関泊）―福岡（福岡泊）―柳川（白秋宅泊）―佐賀（佐賀泊）―虹ノ松原・唐津（唐津泊）―佐世保（佐世保泊）―平戸（佐世保泊）―長崎（長崎泊）―茂木・富岡（富岡泊）―大江（天草泊）―牛深・崎津（天草泊）―三角・島原（島原泊）―島原城跡・長洲・熊本（熊本泊）―垂玉温泉（垂玉温泉泊）―阿蘇登山（栃木温泉泊）―熊本・水前寺（熊本泊）―三池炭鉱（白秋宅泊）―柳川船下り（白秋宅）―東京を主とした行程である。天草五橋ができたのは昭和四十一年であり、当時はまだ陸続きではない。馬車を利用したのは一部であり、多くは船と足を使って移動している。福岡で海水浴をしたり、阿蘇山の下山途中に道に迷ったり、若者らしい旅の味わいや苦難を体験しつつ、やはり圧巻は天草の大江天主堂にガルニエ神父を訪ねたことや天草・島原のキリシタン遺跡を探訪したことであるだろう。夏の暑い盛り、天草の大江を目ざして八里の険しい道のりを彼らは歩いた。

　第一詩集『邪宗門』が刊行されたのはそれから約二年後のことで、その中から「邪宗門秘曲」を一部抜粋したい。

「われは思ふ、末世《まつせ》の邪宗《じやしゆう》、キリシタンでうすの魔法《まはふ》。／黒船《くろふね》の加比丹《かひたん》を、紅毛《こうまう》の不可思議国《ふかしぎこく》を、／色赤《いろあか》きびいどろを、匂鋭《にほひと》きあんじやべいいる、／南蛮《なんばん》の桟留縞《さんどめじま》を、はた、阿刺吉《あらき》、珍酡《ちんた》の酒を（以下、略）」

（『邪宗門』明42）

『邪宗門』を三木卓は「あくまで美的産物であって、宗教的な問題を孕んでいるわけでも、宗教的なアプローチを試みているわけでもない」（『北原白秋』二〇〇五年）と言い、川本三郎は「空想の言葉による大伽藍である。現実のなかに突然あらわれた言葉の蜃気楼である。（中略）白秋はついに西洋を現実には見なかったが、それだけに、詩や絵画を通して知った強い憧れがあった。いや、西洋だけでなく、まだ見ぬ異国、そして遠い彼方に消えた南蛮を夢に見続けた。夢見るなかで、西洋も異国も南蛮も、現実のものではなく、白秋によって人工的に変えられた幻影となった」（『白秋望景』二〇一二年）と言い切る。また、渡英子は「郷土を旅人の一人として同行者の刺激を感じながら詩人の目で見直すという行程の中で、白秋は借り物ではない詩想を得ていった」（『メロディアの笛』二〇一一年）と述べる。これらはそれぞれに納得のいく指摘だと思う。もし、白秋が信仰に目覚めていたならばどうであったろうか。むしろ痛みとして、或いは内省的にキリシタン遺跡と向き合っていたのではないか。ほぼ同時代のキリスト教信徒であった八木重吉の詩と比べるまでもない。しかし、それが文学としては白秋に僥倖をもたらす。後年、白秋は次のように記す。

浪漫的のほしいままな夢想者であった新人、彼等は我ならぬ現実現実ならぬ空を空とし旅を旅として陶酔した。中にも北原白秋は「天草雅歌」を、邪宗の「鵠《くぐひ》」を、正雄は「黒船」を、また「長崎ぶり」を、その阿蘭陀船の朱の幻想の帆を載せて、ほほういほほういと帰って来た。

（『明治大正詩史概説』白秋全集21）

少年の頃の白秋にとってキリスト教は無縁だったのではない。胸深くしまわれた火種であった。天草は近くて遠い異国であった。だからこそ、誰よりもこの旅を力とし、自らの立ち位置から誰のものでもない白秋の表現を摑み取ったのである。これは新詩社清規にある「一人の発明したる詩」と言えようが、皮肉にもそれを摑んだ時に彼は脱退したのである。

胡蝶いま青き花咲くあけぼののわだつみ吸ふ
と帆あぐるかたち　（「明星」明40・6）

やはらかき草生《くさふ》の雨よなにうたふ罌粟よほの
かに燃えねとうたふ　（「明星」明40・10）

たらんてら踊りつくして疲れ伏す深むらさき
のびろうどの椅子　（『桐の花』大2）

「明星」の歌と『桐の花』の歌ではこのようにずいぶん違う。白秋は明星調の歌に惹かれたのではない。そこに集う文学仲間に惹かれたのである。五足の靴の旅の翌年、白秋たちは「パンの会」に集まり、美的情緒に感覚を解放していく。エキゾチックな香り高い白秋の表現を時代の多くの文学者が支持した。次は萩原朔太郎の白秋宛の手紙である。

あなたの芸術が私にどれだけの涙を流させたか、その涙は今あなたの美しい肉身にそゝかれる、真に随喜の法雨だ、身心一所なる鶯の妙ていだ、私の感慨は狂気に近い（略）

（「國文學」――作家と手紙　昭54・11）

今、私は白秋が生まれた明治十八年に、宣教師によって創立されたキリスト教学校に勤める。キリスト教は次第に広がり、旅をした明治四十年には日本メソジスト教会が成立し、第七回万国学生キリスト教青年大会が東京で開催されている。こうした時代が白秋の斬新な表現を育んだとも言える。

（「かりん」二〇一二年十月号）

## 北原白秋論iii――薄明の白秋

北原白秋、若山牧水、柳原白蓮、平野万里、土岐善麿といった近代歌人は明治一八年に生まれており、今年は生誕一三〇年にあたる。節目の年にあたり、白秋の晩年の歌を取りあげることにする。

「白秋は何だ、空霊詩人ぢやないか、魂のない詩人である。あれは感覚ばかりぢやないか。あれは言葉の詩人である。言葉だけで何もないといふことを昔から云はれました。（途中略）思想がないところに思想があつたと信じて居ります」と晩年の白秋は語ったという。（飯島耕一『白秋と茂吉』より）

確かに、白秋といえば第一歌集の『桐の花』や第二歌集の『雲母集』の歌の斬新さや松下俊子とのスキャンダラスな恋愛にまずは目がいく。言葉の魔術師と言われることもおおいに肯ける。文壇に登るときの処女作の魅力は何れも捨てがたいが、晩年の作品はもっとやわらかな深い味わいをもつ。白秋の場合、過労に加えて糖尿病や腎臓病で苦しみ、次第に視力を失っていった。白秋の所謂「薄明の時代」において、何に支えられ、どのような境地に至ったのかということを最終歌集となった『牡丹の木《ぼく》』から考察したい。

白秋は昭和一七年十一月に五七歳で生涯を閉じた。その翌年、弟子の木俣修によって歌の成立順に編纂されたのが『牡丹の木』で、昭和一五年から一七年までの歌を収める。

広縁に足音《あのと》ちかづく歌もちて我が子ら来《く》らし
足音《あのと》ちかづく

読みてみよ我は聴かむぞどれ見せよ拡大鏡に
透かし見てむぞ

「実作指導」とある二首。「我が子」とは実の子どもではなく、弟子である。短歌の師弟関係において、大人であっても弟子は子だ。視力の弱った白秋の耳は足音を聴くだけで誰なのかわかったのだろう。弟子の来訪を待ち、嬉嬉として歌の手ほどきをしている様子が弾むようなリズムから伝わる。心から歌好きな白秋と先生を信頼して教えを請う門人達の交流が感じられ、家族以外ではこうした愛情が白秋を支えていたのだと思われる。

戦《たたかひ》はかかるものぞと書き来《こ》せり然《し》かおもほゆ
れおもほえなくに

仰ぎ臥《ね》にながるる涙妻が見て拭きてくれたり
さりげなかりし

白秋の二大弟子とも言うべき宮柊二と木俣修を歌ったものである。宮柊二は昭和一四年、出征に際して白秋宅を訪ねる。中国山西省の戦場にあって過酷な戦争体験を歌った「ひきよせて寄り添ふごとく刺ししかば声も立てなくくづをれて伏す」（宮柊二『山西省』）はこの頃の作品である。抽出歌には「柊二から戦地便着く」という詞書きが付けられている。同情すら口にできない時世であり、戦争へと向かう国家を支持する歌までも作った白秋にとって、弟子を心配しながらも、そのまま歌うことは憚られたことだろう。それが抑制のきいた歌いぶりに出ている。次の歌は、木俣修からの手紙を涙を流しながら読んでいるのだが、修と白秋の信頼関係と同時に白秋の妻、菊子の優しさが見える。

帰らなむ《ママ》筑紫母国《おやぐに》早や待つと今呼ぶ声の雲にこだます

雲騰《あが》る山門のまほらはしけやし我が目のかぎり飛びに飛びける

見ずならむ一度見むと産土《うぶすな》の宮の春日を恋ふらく我は

矢留校を
雲仙の山にたなびく春霞幼なら今も読みてあらむか

「思慕」と題された一連から。白秋は昭和一四年に交声曲詩篇「海道東征」を完成させ、その作品に対して昭和一六年、福岡日日新聞社（現・西日本新聞社）から文化賞が贈られることになった。書簡からその授賞式と「多磨」短歌会の九州大会のために帰郷したことがわかる。家族を伴い、三月十四日に東京駅を出発し、十六日の授賞式に出席し、十七日には柳川（福岡県山門郡沖端村）に帰郷。一方、この一連の歌はその年の三月一日発行の歌誌「多磨」が初出である。つまり、白秋が久しぶりに故郷を訪ねての感慨ではなく、受賞が決まって東京で詠んだ一連なのである。

　一首目の「帰らなむ」は正しくは「帰りなむ」。故郷へ帰ろうという自らへの呼びかけが初句切れに強く表れている。自分を待って呼んでくれる郷里の人々の声が「雲にこだます」とまで歌っており、はやる気持ちが伝わる。白秋は昭和三年の大阪朝日新聞の依頼により、飛行機ドルニエ・メルクール機に搭乗して日本初の芸術飛行をした際に故郷の上空を舞っている。二首目はすばらしい愛すべき故郷を上空から見下ろしながら「飛びに飛んだ」記憶がまざまざと甦ってきたのであろう。三首目は、もう見ることもないであろう懐かしい神社をもう一度見ようと歌う。最後の帰郷であるという意識が働いている。四首目はほのぼのとしていて、雲仙岳の見える学舎で読本をした子ども時代と現在が交差する。一連では、他に「汲水場」「柳」「落差のはやい潮」「鵲」（筆者注・カチガラス）など、柳川らしい風物が並ぶ。有名な「帰去来」の詩と重なるのがこの一連の歌である。受賞の知らせを受けて、晴れやかな心は早くも九州へ飛んでおり、病もつ身とは思えないほど歌に勢いがある。

　前年、白秋は理事を務めていた大日本歌人協会が解散に追い込まれるという事件があり、『牡丹の木』の他の歌や書簡から、歌壇の人々に強い憤りをもっていたことがわかる。昭和一五年秋から一六年二月まで、頻繁に土岐善麿に手紙を送り、激しい口調で歌壇への憤りと批判をあらわにする。そうした手紙が授賞式を前にした二月以降はなくなり、死の前に至るまで相手を信頼した穏やかな手紙に変わる。死の約一箇月前には原田種夫に速達を出し「遺言　九州文学賞は白秋没後と雖も北原一門に於て継承仕るべく候」と残している。病をもちながら生きることは困難であるが、死ぬことはそれ以上に困難であるはずだ。死ぬまで九州を愛し、文学の発展を願っていたであろうこともわかる。晩年の帰郷によって、歌壇に対して荒ぶる白秋の胸の波は鎮まり、十全なる死へ向かうことができたのではないかと私は思う。十全なる死であったからこそ最期に「新生だ」と言えたのではなかろうか。

魚の眼のしろくおちゆく翳《かげ》見れば噞喁《あぎとひ》絶えて
　しばらく生きぬ
盲《し》ふる待つその安らともあらなくにいつか閑《しづ》
　けき月日となりぬ
空は見て目ばたく魚の木に居《を》るを幼なら今も

## 射つつあらむか

「魚眼」と題された一連から。三首目は、出っ張った目をしたムツゴロウが舟をつなぐ杭に上っているのを、吹き矢で射て遊んだ昔を懐かしむ。具体が効いており、柳川ならではの遊びが面白い。それに比して前の二首は重い。ピクピク動いていた魚の顎は動かなくなり、やがて眼もしろく濁っていく。魚の死を歌いながら、視力の薄れていく白秋が重なり、なんとも哀しい歌に思われる。昭和一五年、生前最後になった歌集『黒檜』の巻頭の二首は「照る月の冷《ひえ》さだかなるあかり戸に眼は凝《こ》らしつつ盲ひてゆくなり」「月読《つきよみ》は光澄みつつ外《と》に坐《ま》せりかく思ふ我や水の如《ごと》かる」である。流石に白秋の歌集の巻頭歌にふさわしく格調のある名歌だと思う。『牡丹の木』の「盲ふる待つ」と境地としては繋がるものがあるが、歌は『黒檜』の二首の方が巧く出来ている。しかし、「盲ふる待つ」の歌は、その心境に至るまでどれほど苦しんできたかということが感じられ、深く心に迫ってくる。目が見えなくなるという否定的運命を受け入れて、光明の世界を精神の中に実現していくような感じがする。白秋はもはや言葉の魔術師ではない。妻、菊子の影響で日蓮の教えをもつ黒柱会の会員でもあったが、この境地は宗教というより、白秋の資質からくるものではなかったろうか。晩年の白秋こそが、まさに魂の歌人なのだと私には思われるのである。

【参考文献】
『北原白秋全集　12』（一九八六・一一　岩波書店）
『北原白秋全集　39』（一九八八・四　岩波書店）
『北原白秋選集別巻』（一九八八・八　岩波書店）
『北原白秋歌集』（一九九七・一　小沢書店）
『生誕百年記念・近代日本の詩聖　北原白秋』（一九八五・一　西日本新聞社他）
飯島耕一著『白秋と茂吉』（二〇〇三・一〇　みすず書房）
吉野昌夫著『鑑賞　北原白秋の秀歌』（一九九五・三　短歌新聞社）

（福岡文化連盟「文化」一九〇号、平成二十七年九月）

# はじめての短歌授業

## ――小中学生のためのメソッド

小中学生のみなさん、「短歌の授業」へようこそ。あれ、どこからか鳥の鳴き声が聞こえてきましたよ。

……NHK CD「音の国語」(山川出版社国語科教材研究会監修) を流す……

最初の鳥は「トッキョトカキョク」と早口言葉みたいに鳴いていますね。これはホトトギスです。二番目は何ですか。ほう、よく知っていますね。ウグイスの声。途中「ケッキョケッキョ」と聞こえるのは谷渡りの警戒しているときの声です。わあ、教室が森になったみたい。耳に小川が流れてきました。

……初学者に短歌との心地よい出会いを作る……

### 【一時間目】オノマトペを使う

生き物の声や物音をまねて言葉にした語をオノマトペと言います。所謂、擬音語のことですね。これは「狂言」という劇にも用いられていて、扇をのこぎりに見立てて木を切るとき「ズカ、ズカ、ズカズカズカ」って言います。こうした擬音語と同じ仲間で、物の状態や様子を表したものを擬態語と言います。たとえば、「ぬめぬめ」とか「ざっくり」とか沢山ありますね。日本語は他の国の言葉に比べてこれらが大変多いのが特徴です。それでは、質問です。

問 「ははは」と「がははは」はどんな様子を言いますか。どう違いますか。

そうですね、どちらも笑い声です。「ははは」は楽しそうな笑いで、「がははは」になるとさらに豪快な笑いですね。このクラスにも元気に「がははは」って笑っている人がいますか。では、短歌にいきます。

娘らの手はキュッキュッとわれの手はギュッギュッと冬のガラスを磨く

小島ゆかり『憂春』

この短歌でオノマトペの部分に線を引いてみてください。「娘ら」の「ら」は複数を表していて、一人ではないことがわかります。「われ」というのは母である作者と考えていいでしょう。さっき線を引いた「キュッキュッ」と「ギュギュッ」にはどんな違いがありますか。そう、力の入れ方やスピードが違いますね。娘たちが楽しそうに磨いているのに対して、母である「われ」は少し焦っている感じがします。どうしてなのか、場面を考えてみましょう。

そう、「冬のガラスを磨く」というところから、年末の大掃除であることが想像されます。お正月の準備もあってお母さんは忙しい。窓ふきにも力が入っています。それも「ギュッギュッ」ではありませんよ。「ギュギュッ」ですから、スピード感があります。

このように短歌は短い詩型ですが、この中に場面や情景が凝縮されています。次に、擬態語の使い方もみておきましょう。

昨日すこし今日もう少しみどりごはもこむく
もこむく前へ進めり

俵万智『プーさんの鼻』

「みどりご」とは新芽のように若々しいということから、三歳までの幼子を言います。なんてきれいな日本語なのでしょう。これは赤ちゃんのことですね。擬態語の「もこむくもこむく」はそう、這い這いをしている様子です。毎日少しずつ距離が長くなっていくんですね。この擬態語によって、赤ちゃんの情景が目に見えるようではありませんか。未知の世界を懸命に切りひらいていくような感じもします。

では、オノマトペや擬態語を効果的に使って短歌を作ってみましょう。

ホウセンカあふれるばかりの桃色をぽわんと
放ちアスファルトに咲く　（中一生徒）

キラクルと反射しながら回ってる私が回すと

喜ぶバトン　（中一生徒）

## 【二時間目】歌のなかの「わたし」「ぼく」

みなさんは「ドラえもん」を読んだことがありますか。「のび太」という少年がいますね。本当は優秀な資質をもっているのかもしれないけれど、「ダメ人間」として登場します。だから「ドラえもん」はヒット作になり得る。「サザエさん」は知っていますか。ある新聞の調査によると、この漫画で一番の人気者は「カツオ」です。いたずら好きで、よく叱られている少年ですね。「のび太」がいるから、「カツオ」がいるからこの二つの漫画は長く愛されているとも言えるでしょう。

私たちはうまくいった出来事を短歌にしてしまいがちですが、失敗したときこそ、自分がダメだと思えたときこそ短歌の神様に愛されるのです。天狗になって作った短歌は人からも愛されません。

ほんとうにおれのもんかよ冷蔵庫の卵置き場
に落ちる涙は　穂村弘『シンジケート』

「冷蔵庫の卵置き場に落ちる涙」と、シチュエーションが凄すぎる短歌ですね。涙でさえも「ほんとうにおれのもんかよ」と言っています。自分のものは何ひとつないような深い孤独感が漂ってきます。こんな「おれ」の姿は決してかっこいいものではない。

短歌のなかの「わたし」や「ぼく」が天狗になっていないか気をつけて、ときにはダメな姿を描いてみましょう。ただし、作る短歌が全部そうだと読む人も息苦しくなってしまいますよ。

私って役に立たない人だけど犬の役には立っ
ているんだ　（中二生徒）

えんぴつがくるりくるりとダンス中白いステ
ージ中間考査　（中三生徒）

## 【三時間目】個性的な比喩と丁寧な比喩

「ひまわりのように明るい」「りんごのようなほっ

ぺ」などとよく使われますが、短歌の中ではこうした決まり文句はタブー。もう少し、個性的な、或いは丁寧な比喩を考えてみましょう。

らっきょうのように濡れているはだか　一年生が湯舟から立つ　渡辺松男『泡宇宙の蛙』

怖れつつこちょこちょを待つ子の瞳濡れた小石のように輝く　俵万智『プーさんの鼻』

最初の短歌は「らっきょうのように濡れている」という面白い、でもよくわかる比喩を用いています。個性的であり、かつ他の人に通じる比喩でなければなりません。二首目は「小石のように」ではなく「濡れた小石のように」だからいいのです。ところで、「こちょこちょ」って何ですか。そう、やったことがありますか、どうでしたか。「くすぐる」ことを子どもの言葉でこう表現するだけで場面がいきいきとして立ちあがっています。怖がりながらも、子どもはこちょこちょが大好きです。「濡れた小石のように」という丁寧なねばり強い比喩がさらに歌を魅力的にしています。

プチトマトロにほおばる弟はドングリためるリスのようだな　（中一生徒）

せん風機の前にすわれば我々は宇宙人だと言うようにまわる　（中一生徒）

## 【四時間目】区切れ・句またがり・擬人法

次の二つの短歌を５７５７７に切りながら声に出して読んでみましょう。どんなことに気がつきますか。

ねむたさよ春の子供のかばんにはカスタネットがあくびするらむ　栗木京子『夏のうしろ』

スカートがわたしを穿《は》いてピクニックへ行ってしまったような休日　大滝和子『銀河を産んだように』

「ねむたさよ」とは「眠いなあ」というような意味です。声に出して読んでみるとまず、ここで切れますね。最初の５音で切れるので初句切れと言います。次の歌は下の句の７７の部分が「行ってしまった」と「ような休日」と分かれますね。でも意味のうえでは続いています。これを句またがりと言います。一首のどこかに句切れを入れたり、句またがりを使ったりするなど変化をつける工夫も大切です。

　それから、どちらも擬人法を用いていますね。カスタネットはいつもパカッとひらいています。それを「あくびする」と、まるで人間のように表現していて面白いですね。カスタネットの形と眠たい気分がうまく合わさっています。次の歌はあれっ、と思いませんか。「わたしがスカートを穿いて」では当たり前。そうじゃない、発想の転換から生まれたいい歌です。

わたしはね一番光っているのよと見栄をはってるピンクの筆箱　　（中一生徒）

＊生徒作品は勤務校の授業で生徒が作った既発表のもの。

（角川「短歌」二〇一三年九月号）

# ウソをつきつつ言いたいことは言わない

――特集〔私のウラ作歌法〕より

次の文章は村上春樹の小説の一節である。

唇が少しだけ震えた。それから直子は両手を上にあげてゆっくりとガウンのボタンを外しはじめた。ボタンは全部で七つあった。僕は彼女の細い美しい指が順番にそれを外していくのを、まるで夢のつづきを見ているような気持ちで眺めていた。

（村上春樹『ノルウェイの森』）

おおよそ小説はウソであるにもかかわらずもの凄いリアリティーをもつ。作品の描写力はこうした小説に学ぶところが大きいのではないかと考える。人間というのは本当のことを述べる場合は注意力散漫になりがちであり、逆に、たとえば浮気をしてウソをつくときは巧く細やかに描写をしなければならない。対象をじっくりと観察して短歌を作れとはよく言われるが、あえてここではウソをつくことを勧めてみたい。

もう一つはかつて、河野裕子が「言いたいことを全部言うたらあきません」と述べた「言いたいことは言わない」（『短歌』平成15・2）という点について身近な実例を示しながら述べたいと思う。

顧問をしている高校の短歌部の生徒の歌、大学の夏合宿で講義を行った後、学生に初めて作ってもらった歌、カルチャーの短歌入門講座で作ってもらった歌をここでは用いることとする。

## 一、ウソを描く

1　月冴えてコーンスープのぬるい湯気そろりと泣いて寒気に溶ける　　高2女子

2　雪原でうふふうふふと茶会する苺の声で今日も目覚める　　高2女子

1の歌の涙はなんだろう。恋愛とは限らないが、場面を作った方がよさそうである。2は空想の歌ではあるが「今日も目覚める」の嘘っぽさを取り除きたい。高校生の歌は勢いや大胆さ、訳のわからなさがいい場合もあり、本当は添削しない方がいいかもしれない。

【添削例】

① 逢いたさよコーンスープのぬるい湯気そろりと泣いて寒気に溶ける

② 雪原でうふふうふふと茶会する苺の声で春は目覚める

## 二、言いたいことは言わない

1 夕焼けの小道にのびた影ふたつ君の隣を歩く幸せ　大1女子

2 背を向けて座る君と絡む指言葉はなくとも想いは通う　大1女子

3 あなたとの間にあるのは蜃気楼　近くのようでとおい存在　大1女子

4 放置され車の中でとけていくフラペチーノと私の笑顔　大1女子

5 死人花・火事花そして捨て子花名前はひとに与えられとふ　70代

1は夕焼け空を背景に置き、恋人といるときの気分を詠んでいるが「幸せ」と言わないでその感じを出した方がもっとよくなる。2は言葉を整理すること、「想いは通う」とまで言ってしまわないことが課題だと思われる。3は近くにいるのに相手の心をつかめないもどかしさが感じられるが、「存在」はいらない。二カ所の体言止めが恋の気分を固めてしまっている点も惜しい。4は「放置され」をあえて言わずに伝わる歌を。5には彼岸花に不幸な呼び名があることの発見があるが、説明で終わってしまった点が惜しまれる。

【添削例】

① 夕焼けの小道にのびた影ふたつ君とひとつになれた気がする

② 指と指絡ませながら言葉なく背中合わせの君を想いぬ

③ 逃げ水を追いかけるようにつかめない遠く近くに君はきらめく

④ 君を待つ車の中でとけていくフラペチーノと私の笑顔

⑤ 死人花・火事花そして捨て子花この世の果ての朱の曼珠沙華

（角川「短歌」二〇一五年二月号）

## 月下の恋

――特集「七夕歌合せ」より

左・持

月夜《つくよ》よみ門《かど》に出で立ち足占《あうら》してゆく時さへや妹《いも》に逢はざらむ

よみ人しらず

『万葉集』巻十二・三〇〇六

右

ああ君が遠いよ月夜　下敷きを挟んだままのノート硬くて

永田紅『日輪』

恋人と逢うとき、男性はどんな準備をするだろう。現代ならば、一緒に食べる店のリストを頭にインプットしたり、ピカピカに車を磨いて彼女を迎えにいくかもしれない。新聞の星占いを覗いていく男がいてもいい。

『万葉集』の時代、「雨障《あまつつ》み」という言葉があったように雨は恋の障害となり、逢い引きなどはできなかった。逆に、「月夜」は妻問いによろしいとされた。例歌は「月が美しいので門に出て、足占をしていく時までもあの娘に逢えないのであろうか」という意味をもつ。

「足占」というのは当時の占いの一つで、ある距離を定めておいて到着した時の歩数が奇数か偶数か、つまり右の足か左の足かをあらかじめ決めておいて吉凶を占うやり方である。子供のころ「あした天気になーれ」と靴をぽーんと放り投げて、上向きであれば「晴れ」、下向きならば「雨」とやった遊びを私は思い出す。この占いはどこかそれに似ている感じがする。当時は鹿の骨を使って、はにわ桜の木で焼いてそのひび割れによって占ったという「鹿占《しかうら》」という占いもあった。それよりこの「足占」は自分の身体を使ってやるからだろうか、おおどかで親しみやすい。「門」は霊魂の活発に活動するところとされ、占いには最適であった。

はたして、結果は「吉」と出た。道も月のひかりによく見えて占いの結果もよろしく、謂わば万全の態勢で女のもとへ行こうとする。それなのに「妹に逢はざらむ」という結句はかなり不安げである。なんという自信のなさ。これは、もてない男の歌だ。これまで幾度か女と逢えなかった経験があるにちがいない。もてない女である私はこの男によぎる一抹の不安がよくわかる。

対するは永田紅の第一歌集の一首。二十代の初めの頃の作であろう。やはり「月夜」が舞台である。「ああ君が遠いよ月夜」と思いがほとばしるような勢いのある上の句。これが「月の夜君が遠いよ」であれば、妙に冷静な感じになってしまってつまらない。この語順だから魅力があるのだ。恋愛の初めの頃を想定してみる。「わたし」の中には君に近づきたいという切実な思いがあるのかもしれない。歌い出しの「ああ」は突然わき起こったようなものではなく、それまで「君」を想い続けてきたことの連続を受けての「ああ」であると思われる。想いの延長線上において、ある時どうにもならないほどの距離感を「君」との間に感じてしまったのであろう。その切なさが伝わってくる。

下の句の「下敷きを挟んだままのノート」という具体に若さと新鮮さが溢れている。「ノートの硬さ」は緊張感を表したかったのか、ほどよく上の句と合っている。

『万葉集』の抽出歌のように、周到な準備を整えて相手に逢っているのではない。永田紅の歌は、ある日常の場面をリアルタイムで切り取ったような、或いは動画を見ているような感じを与えている。月の光がその場面をあたたかく照らし出しており、無駄な言葉がない。

同歌集に「輪郭がまた痩せていた　水匂う出町柳に君が立ちいる」「対岸をつまずきながらゆく君の遠い片手に触りたかった」という歌があり、永田は距離感のある恋の場面を詠むのが巧い。同時に、自然にリアルタイムで読ませる魅力は口語体の力に因るところが大きいと思われる。抽出歌は「月夜」という言葉の位置によって独特のリズムが生み出されている。一般に口語体は文語体に比べて律が弱い。しかし、抽出歌はそれをあまり感じさせない。若い作者だが、歌の定型をくぐってきた者の安定感のある口語体でナチュラルな感じがする。

『万葉集』の抽出歌は、当時の他の歌と比べてみて、リズム感があるわけでも技巧があるわけでもない。その点では永田の歌が勝っていると言える。しかし、この男の存在感は格別である。女から見れば、本命にするには頼りなく、困ってしまうような男ではあるが、人間として見た場合なんと慕わしいことだろう。決して堂々たる丈夫《ますらお》ではない。「妹に逢はざらむ」にはこの男の物語がある。また、恋占いを昔の人が体を使ってやっていたという点においても親しみ深く、心に残る一首である。

二つの歌は「月夜」でなければならない。「雨夜」では悲しすぎる。月は時代をこえて恋の場面を演出している。月光に濡れて抒情している道を想像しつつこの勝負、甲乙つけ難く〈持〉としたい。

新作（返し歌）

蹲踞《つくばひ》に映りてゐたる君といふ月を盗《と》らんとすれど遙けく

桜川冴子

（「短歌研究」二〇一〇年七月号）

# 襖と豊後浄瑠璃

## ――特集「歌人と酒」より

師である馬場あき子に東北の黒川能を観に連れて行ってもらったことがある。宿の難波家の座敷に座ると、襖に勢いよく筆を走らせた歌が目に飛びこんできた。それは、紛れもなく私が愛誦してやまない伊藤一彦の一首である。

色紙にしたためられた歌人自筆の歌はそれまでいくつも見てきたが、襖に書かれたものは初めてであったので、うれしくて何度も拝見した。

先年、伊藤一彦はそこを訪れていた。南の歌人に庄内地方の大雪は深い感動を与え、酒席での人々の煽動もあったのだろう、酒の勢いによって見事な自筆の歌を襖に残すに至ったのだ。後年、訪れた私は襖の歌の文字から、その時の幸せな酒宴を想像し、これまた美味しい東北の酒に酔ったのである。私の知る伊藤さんは酒席においても、どちらかというと聞き役である。冷酒でも熱燗でもなく、人肌燗。雪の黒川の酒を思わせる味わい深い筆跡であった。

黒川能の里にある難波家の襖には、その後訪れた酒豪の歌人たちの自筆の歌があると聞く。歌人は酒に酔うというよりも、忽ち目の前を見えなくするほどの庄内の雪に酔うて粋な技をなしたのかもしれない。

さて、「牙」の七月号に『襖と定型』展が紹介されている。石田比呂志居住の「長酣居」の襖にも、そこを訪れた歌人たちの短歌があるという。その襖を行橋市で展示しているのだ。大変面白そうな企画である。

石田比呂志に初めて誘われた時は非常に緊張した。「河豚を食しませう」という字を慌てて「豚」と読み違えたほどだ。旅の広州で出された豚の丸焼きを思い出し、ターンテーブルよろしく、頭の中を豚の尻尾と顔がぐるぐる廻りはじめた。何日か経ってよく読んだらそれは「河豚」だった。それほどの緊張感をもって臨んだ初回以来、たとえ石田比呂志が競輪に負けた日であっても、酒席は明るく温かく実に味わい深い。

なかでも、石田さんの語る豊後浄瑠璃には格別の味がある。一座の人は牛の角のように頭をつき合わせて耳を傾ける。すでに、私は酔いがまわっているので全部は聞きとれないが、それもまたいい。

（「歌壇」二〇一〇年九月号）

# 落ち葉カルタ

## ——新春企画「わたしの夢」より

てのひらサイズのポプラの葉をガサガサとかきながら「朝の掃除の楽しみはこの音よ」と友人が言う。その中に桜もみじが混ざっている。桜の葉は赤くて、めくれるとカルタみたい。落ち葉かきの楽しみはこのカルタを見つけることでもある。落ち葉カルタの記憶の向こうに懐かしい祖母の顔が浮かぶ。

父方の祖母が亡くなって二十年が経つが、ある年の初夢に祖母が友人を連れて現れた。おばあちゃん子だった私にとって、大切な祖母が大切な友達を連れてきたのだから、寝ている場合ではなかった。せっせ、せっせともてなした。最高の料理を作ったにちがいなかったが、なぜか卵焼きとお茶しか覚えていない。ゆっくりと食事をして、ふたりは風のようにヒューッといなくなった。

風は懐かしい祖母の記憶を運び、時折ちらっと桜の落ち葉カルタをめくってみせる。大切な人は夢の中で生き続ける。祖母に教えられて初めて作った料理は卵焼きだった。

（「歌壇」二〇一〇年一月号）

# 忘れられない歌集
## ——伊藤一彦歌集『火の橘』雁書館

思えば、伊藤一彦さんから初めて電話をいただいたのは二十年近く前の今は亡き父の手術の前夜、熊本の大学病院の一室であった。その頃は黒くて重い携帯電話で、受話器の向こうから太くて温かい感じの声が聞こえた。それよりしばらく前に私は伊藤さんと出会っている。

父は耳の癌であった。その日の未明、私の宿泊していた病院近くのホテルに父は病着のまま突然あらわれた。明日の手術を受けたくないと言った。病院の庭のベンチに腰かけて朝が動き出すまで父と話をした。父は自分が癌であることを知らず、大変難しい死の危険を伴う手術であることも知らない。私は医者に手術同意書を二種類作ってもらい、危険性が書かれた方の書類には勝手にサインをした。様々なことがあった重い一日の終わり。

はたして父は三十時間にも及ぶ開頭手術となった。母は待つのに耐えられなく、後に狭心症になった。ようやく病室に運ばれてきた父は大変苦しんでいて、それを緩和するための注射の直後に心臓が停止した。その後たくさんの管に繋がれ、意識のないまま半年間生き、何度か心停止し、その度に電気ショックを与えて蘇った。父の命がいつまでかわからない私は病院の傍にウィークリーマンションを借り、熊本の病院と福岡の職場を行き来した。高三の受験生を担当していた。夕食は特急列車の中での駅弁で、食べ終わると伊藤一彦歌集を読んだ。

『瞑鳥記』『月語抄』『火の橘』『青の風土記』……歌集を読むとき苦しみから逃れられた。とんでもないことをした私でもまだ生きられるような気もした。なかでも『火の橘』から『青の風土記』にかけてが力になった。月に一度くらいは伊藤さんにお会いする機会があり、『火の橘』の「山雀《やまがら》」や「グレコのイエス」や「ヘリオトロープの花」についても聞いたりした。伊藤さんの代表歌と言える「月光の訛」の歌は次の『青の風土記』に収められているが、『火の橘』はそれを生み出す前夜のような面白さとエネルギーをもっていると思っている。生きることを救ってくれた歌集である。

（角川「短歌」二〇一五年三月号）

# 解説

# 花曇りの人

小島ゆかり

ゆで玉子むけばかがやく花曇　　中村汀女

いきなりおかしなことを言うようだけれど、桜川冴子さんの印象は、まったくこの句の感じである。女性としての容貌も、また表情や仕草に滲み出る情感も、まことにゆで玉子のごとくつややかで初々しく、それでいてどこか花曇りの気配をまとっている。

桜川さんの明るさの内外《うちそと》にうっすらと立ち込める、あの花曇りの正体は何なのだろうと、ときどき思うことがある。

禿鷲に食べてもらへぬわれなるか　さびしい
腕を空に翳せり

連作「鳥葬」の中の一首。ヒマラヤで鳥葬を見たという、その事実だけでも仰天するが、それ以上に、彼女の深く真っ直ぐな眼差しに驚く。「禿鷲に食べてもらへぬわれ」とはつまり、いまだ聖餐としての屍《し》に至らぬわれ、ということだろう。痛々しいまでに厳しく潔癖な心の有様《ありよう》と、肉体の一部である「腕」の発散するエロス。

この作品には、彼女を歌に赴かせるかなしみの原風景が見える。

通夜の家ただに明るし電球に透かす卵の裸のやうに
滝壺に白きシャツ飛び込めるごと水落ちゆけり父は逝きたり

いくらか複雑な家族の構図を思わせながらモノクロドラマのように進行する、父の病と死。諸々の暗い人間感情を水面下に沈めて、ひたすらな悲しみだけが作品をひたひたと満たす一連であるが、中でも、特異な比喩表現が心に残る二首。

　前者は静的な、後者は動的な比喩。いずれも厳粛でありつつ生々しい。

　このことは、信仰をもつ作者の、奥深い精神と肉体の相克と関わりがあるかもしれない。

　長歌・反歌の形式をも用いて試みられた、〈父〉また、出身地である〈水俣〉の連作は、おそらく彼女自身の、存在の根拠への旅なのだと思う。

　一方で、作者の日常の周辺はなかなかにぎやかである。

　　虫愛づる姫君のばうばうの眉よしとよく見つ
　　風紀検査に
　　授業受くる生徒の膝に笑ふ膝怒る膝あり突き
　　出してくる
　　ドクダミの花の十字の傍らにめつきめつきと
　　新校舎建つ

国語の教師だという。ミッション系の女子高校らしい独特の空気が流れていて、魅力的な歌がたくさんある。

　不自然なまでに眉を細くしてしまう生徒が多い中で、「虫愛づる姫君のばうばうの眉」には、なるほど、吉野誉めの古歌の呼吸がよく似合う。

　そして教壇から見る少女たちは、眉の太いも細いも、傍若無人な若い膝を持つ、愛すべき者たちであろう。

　未来そのもののように力強く立ち上がる新校舎と、その傍らにあってひっそりと咲く「ドクダミの花の十字」。外界と精神のブラック・ホールを思わせる、冴えた作品である。

　華やかで繊細で、十分に健康的でありつつかつ不安定な、女子高生の心と体。そして、桜川先生もまた。

　　しわしわと空が縮んでわたくしの花瓶に落つ
　　る春の雨なり
　　あぢさゐのぼんぼんのごとふくらめり梅雨ど

きの朝の髪は嫌だわ

鉢植ゑの折鶴蘭に水をやる背後から抱く月の男は

沈黙のすずしさに見るフェルメール十七世紀のミルク零るる

豊かなふくよかな、そしていくらか危うい心の動き。

空も雨も朝の髪も、みな自然の生き物として作者にちょっかいを出す。まして月の男は、背後から抱きしめたりするのである。これらの歌には、私のよく知っている、ゆで玉子のようにかがやく桜川さんの表情がある。

「十七世紀のミルク」を眼差しで受けるのもまた彼女らしいが、さらにひそかに零れるものに、私は耳を澄ます。あの花曇りの気配にも似た、淋しい優しいものに。

ずつとずつとひとりでゐるのはどうですか樹に問へば樹はおほらかに立つ

この歌人は、樹の大らかさをやがてわがものにすることだろう。

（桜川冴子歌集『月人壮子』栞文）

# 表情豊かな作品世界

## ——桜川冴子歌集『月人壮子』評

栗木京子

歌集『月人壮子』はⅠからⅤまでの五つの区分から成っている。あとがきに「編年体ではなく、テーマによって再構成したものである」と記されているように各区分の作品はそれぞれ独立した世界をかたちづくっている。各区分のテーマは主題というほど大袈裟な感じではなく、作者の持つ五つの表情とでも言った方がふさわしいだろう。桜川冴子さんという歌人の意外な、しかし親しみ深い表情に出会うよろこびを感じながら、歌集を読み進めていった。

にんげんは人貶むるとき勢ふエルサレムのイエスの死より

仏像を作りて武器を作らざる和銅元年月光明るし

太陽の母月影の父に囲まれて子はほそぼそと面談にくる

父知らぬまま同意書にサインせし醜《しこ》の醜草この我なりき

実験に使はれたりし水俣の狂へる猫を思ふ春月

一、二首目は「Ⅰ」の歌。アメリカのアフガニスタン侵攻や六十数年前の日本軍による虐殺、水俣病の悲劇など、人間の負の部分に視点を据えた歌が収められている。出来事をただ常識的に表現するのではなく、一首目では原罪とも呼ぶべき人間の心の闇に焦点を当て、二首目では八世紀頃の日本と今の日本とを対比させながら二十世紀という戦争と科学の世紀の有様を静かに見つめている。深いところから発せられる作者の認識に、信頼感と共感を覚えた。

三首目は「Ⅱ」の歌。作者はミッション系の女子高校で国語の先生をしている。勤務校での生徒たちとの触れ合いがここでは臨場感たっぷりに描き出されている。掲出歌は生徒と親と教師との三者面談の場というよりも、一人で面談にやって来た生徒の背後に彼女の両親の面影を垣間見ている歌なのかもしれない。太陽のように元気いっぱいの母親と、家庭ではどこか影の薄い父親。そんな両親に囲まれて、子はまるで地球のようにぽっかりと宇宙に浮かんでいる。上句は一見抽象的な比喩に思われるが、よく読むと昨今いかにもありがちな親子関係を言い当てていてなかなか鋭い。

四、五首目は「Ⅲ」の歌。癌で亡くなった父の歌を中心に、この章には作者の故郷の水俣で開催された水俣展の衝撃を詠んだ歌もある。四首目は癌手術のあと意識を取り戻すことなく逝ってしまった父への思いが胸に迫る。父は手術を拒否していたのだが、作者はひたすら快癒を信じて同意書にサインしたのであった。みずからを責める「醜の醜草」という表現の前に、読者である私は言葉なくたたずむばかりである。自分自身をきりきりと追い詰める厳しさ。哀しみにくだくだと説明を添えないいさぎよさ。そんな作者の姿は水俣展の猫の写真を詠んだ五首目にもよく表われている。

藍ふかく高き空より禿鷲は人の死待ちてその死貪る

禿鷲に食べてもらへぬわれなるか　さびしい腕を空に翳せり

「Ⅳ」の歌。ここでは何といってもチベットで鳥葬を見た折の一連に圧倒される。目の前の現象の激しさに呑み込まれるのでもなく言葉で飾り立てるのでもない。虚心に心と身体を解き放って現象と同化するかのように詠んでいる。自然の広大さや生命の輪廻のはるけさの前で自分はいかに小さく、それゆえいかに掛け替えのない存在であるのか。そんな謙虚な発見がみずみずしく伝わってくる。

結婚は看取ることなりさびしくて肩濡らしつつ君の傘もつ

「V」の歌。相聞の歌も何首か収められていていてほんわりした雰囲気の「V」の歌の中に、さらりと「結婚は看取ることなり」といった割り切った結婚観が詠まれていてハッとした。何気ないこうした歌にも作者の芯の強さがうかがえて、心に残った。

　ここまでやや硬い印象の歌ばかり取り上げすぎたかもしれない。歌集にはけっこう遊び心のあふれた、茶目っ気のある歌も多い。明るくてどこかいじらしい、といった愛すべき作品群である。桜川さんの歌の大切な表情の一つとして今後もさらにふくらませてほしい世界である。三首ほど抄出して拙稿の結びとさせていただく。

　先生は薔薇のやうだと去りし子よ花の部分か棘の部分か

　くわんねんせいくわんねんせいと雪は降り風の魔王が首筋に寄る

　二度腰の切開手術受けし身はファスナーだよん背中かなしく

（「かりん」二〇〇四年四月号）

# 共感と罪意識

## ――桜川冴子歌集『月人壮子』を読んで

松村　由利子

たっぷりと情の濃い、大どかな歌集である。肉親の死や病、戦争が詠われていても、作者のひたむきさと誠実さがどこか光を放つように輝いている。

をのこごがわーんわーんと泣く夕べ大きくなれよ雨の枇杷の実

観覧車ゆつくりまはる母と子が永遠のごとく閉ぢこめられて

シングルである桜川さんが、どうしてこれほど巧みに子どもを詠えるのだろう。丁寧な観察に基づく描写と共感は、作者の特質に違いない。子どもの成長を枇杷の実と重ねて願う一首目の、ゆったりとした韻律は何とも心地よい。「永遠のごとく閉ぢこめられ」ることへのかすかな羨望、あるいは怖さを捉えた二首目もうまい。

「共感」は桜川さんの歌を読み解くうえで、重要な要素である。

お祈りのときわれを見る生徒ゐてさりげなくわれも見て目を閉づ

殉教者ルドビコもかの少年も十二歳なり十字架を負ふ

資料館を出てマロンパイ食べるやうに虐殺の後写真撮りしか

花柄のハンカチ広げ草に食ぶソマリアのパンをわたしは奪ひ

ミッション系の女子校に勤める作者には、教師としての魅力あふれる作品が多い。「虫愛づる姫君のばうばうの眉よしとよく見つ風紀検査に」など微笑を誘われるが、お祈りの歌はユーモラスな味わいだけでなく、目を開けていた生徒に「あなたも罪びと、私も罪びと」とでも言いたげなところに深みを感じる。この視点は、クリスチャンである作者の信仰から来ているのではないかと思う。長崎で殉教した二十六聖人の最年少者だったルドビコと、少女を殺めた現代の少年を思い、その存在を等しく悲しむところにも、人はみな罪びとだという作者の心が感じられる。

　他者への共感は、時に罪の意識となって作者を苦しめる。資料館を見学した後マロンパイを口にする自分を、虐殺の記録者と重ねる視点には、たじろがされる。おいしさを享受し、あるいは空腹を満たすことのできる自分を後ろめたく感じる、その厳しすぎるほどの罪意識は、歌集の至るところに見られる。

　ポートレートなく黒い紙貼られたる患者を苦しめしひとりかわれも

実験に使はれたりし水俣の狂へる猫を思ふ春月

父知らぬまま同意書にサインせし醜《しこ》の醜草この我なりき

　その代表的なものが、水俣を題材にした長歌と反歌、そして短歌の一連だろう。幼い頃に暮らした土地への「責任」のような罪意識が、ここには色濃く表れている。「病院へ行ったと　ばつてんが　生き還るなく　逝きたりと」など、方言も取り入れた骨太な詠いぶりが魅力を放つ。

　過去の人物や猫にさえ罪意識を感じる桜川さんが、肉親を歌う時、痛みはさらに深くなる。癌であることを最後まで父に告げなかった作者の苦しみが、「醜の醜草」という表現から切々と伝わってくる。父を亡くした後の長歌「不如帰」は、溢れ出る悔恨と哀惜を粘り強く詠った作品で、胸を打たれる。

にんげんは人貶むるとき勢ふエルサレムのイエスの死より

救はれず殺し合ふのが宗教か　わたしのなかのペテロを試す

二千年前にイエスを死に追いやった群衆の昂ぶりも、桜川さんは現実世界にひしひしと感じる。戦争の絶えない地上を嘆きつつ、極限状態でイエスの弟子であることを否認したペテロの弱さを自身の中に見る。しかし、クリスチャンならば誰しもそういう感慨を持つとは限らない。イエスの処刑に沸き立つ群衆の中へ、時空を超えて飛んでゆけるのは、詩人としての作者の資質にほかならない。共感と罪意識は、独特の作品世界を描き出している。

禿鷲に食べてもらへぬわれなるか　さびしい腕を空に翳せり
ずつとずつとひとりでゐるのはどうですか樹に問へば樹はおほらかに立つ

作者の深々とした罪意識は、世界をありのままに受け止める共感なしには、あり得ない。だからこそ桜川さんの歌は、どこまでも肯定的で明るく、力強いのだろう。

（「かりん」二〇〇四年四月号）

# 身を切るごとく血を吐け
## ――桜川冴子歌集『ハートの図像』書評

福島泰樹

1

遠い昔のような気がする。

夜の電車に揺られていた。

閑散とした車輛に灯る明かりの中に見えてくるものがある。私は、誰と何処へ向かっているのか、私の他に誰がいたのか、それらのことは美事に捨象されてしまっている。

私は斜め向かいの席に目を遣っていたのだ。闇のように暗くふかい孤独を纏った白い顔。切れ長の目は、一点に注がれたまま微動だにしない。

桜川冴子にまつわる記憶である。

電車は、博多市内を走っていたのであろう。その夜、私の短歌絶叫コンサートが開催されていたはずである。毎年、福岡で舞踊「青龍会」を主宰する舞踊家原田伸雄が、私を呼んでくれるようになってからすでに十数年。桜川冴子の闇を溜めた孤独の残像は、コンサートが跳ね、打揚げ会場へ向かう車内に影を投げていたのかも知れない。

水俣に隠れ切支丹のごと病める友ひとりもつ
われの歳月

彼女のことを私は何も知らない。歌集略歴で、彼女が（胎児性水俣病患者が初めて確認された）年に、熊本県水俣の地に生まれていることを知った。その彼女が、どのような経緯を経て、福岡に移り住むことになったのか。「隠れ切支丹」への誘《いざな》いは、どのようになされたのか。ともあれ、福岡と切支丹を結ぶもの――有明海（戦前は島原湾）に面した筑後柳川は、北原白秋出生の地ではないか。

2

明治四十年八月、北原白秋は、与謝野寛、吉井勇、

木下杢太郎、平野万里を案内、西九州に南蛮遺跡探訪の旅を試みている。天草下島の大江村で五人は、ガルニエ神父から隠れ切支丹の遺物であるメダルや十字架の展覧を得、その悲痛な来歴と村に残る習俗の説明を得ている。

「いざさらばわれらに賜へ、幻惑の伴天連尊者、／百年《ももとせ》を刹那に縮め、血の磔背《はりきせ》にし死すとも／惜しからじ、願ふは極秘、かの奇しき紅の夢、／善主《ぜんす》麿《まろ》、今日を祈に身も霊《たま》も燻りこがるる」

（邪宗門秘曲）

この旅行は、若き詩人に影響を与え、言葉の秘術ともいうべき（反プロテスタント的）処女詩集『邪宗門』となって南蛮文学を生むに至った。「このさんたくるすは三百年まへより大江村の切支丹のうちに忍びかくして守りつたへたるたつときみくるすなり」。

とまれ、桜川冴子の異端の旅は、いま始まったばかりではある。隠れ切支丹の墓を訪ねる旅の初めは、宮崎。洗礼を授けてくれた師に案内されてという。

牧水のあくがれし海美々津江にひかりの帽子
被りて坐る

日向市美々津は、高鍋藩の商業港として栄えた町で、古い町並みが往時を伝えている。港の公園には、神武天皇東征船出の地を告げる「日本海軍発祥之地」の巨大な碑が建っている。耳川をのぼってゆけば、若山牧水生誕の地東郷町坪谷に至る。

鶏頭のくれなゐまぶしき墓地にして貌なく名
なく白墓ありぬ

「白墓」には「名前や素性については神のみが知るという意味において、何も記されていないのっぺらぼうのままの墓碑を白墓と呼ぶ」の注が記されている。耳川は、キリシタン大名大友宗麟が、島津義久と戦った地でもある。

墓碑に巻く蔦むき取れば冬の陽に頭冷《かうべ》たき隠
れ切支丹

蓮の花刻まれてゐる墓石に隠れ切支丹の裸身《はだかみ》
を撫づ

「皈《かヘル》レ元《もとニ》」と刻む墓石あり信仰を捨てたる人
の苦しみ滲む

計算されたように緻密で端正な措辞の配列は美事というしかない。此処に白秋の耽美はない。この人の潔癖がそうさせるのであろう。諧謔、嗜虐の性向もない。なんともストレートな歌いっぷりである。しかし、この激しい韻律の揺れはただごとではない。たとえば「墓碑に巻く」の一首、「bohinimaku/tuta-mukitoreba/fuyunohini/kaubetumetaki/kakure-kirishitan」。読者には是非声にだしてお読みいただきたい。

「皈元」にも、「弾圧のつらさに耐えかねて信仰を捨てたれども、死して元にかえる」の注が記されていて、痛い。

寄せ墓に肩を寄せ合ふやうにゐる隠れ切支丹
死の後もなほ

だが、ここまで読んできてふと気が付いた。共感ばかりが目立ち、少し冗長である。なにゆえに、あなたは隠れ切支丹の墓を歩くのか。

3

歌人の足は肥後天草へと向かう。イエズス会の宣教師ザビエルが、平戸で布教（天文十九年）を行ってから十有余年、アルメイダは島原で布教。寛永の世となり、島原藩主は三百四十人もの切支丹を処刑。ついには天草のキリスト教徒が、島原一揆に応じ武装蜂起、一大カタストロフィを招くこととなる。

石段に踏めよと彫られしクルスありいまだ残
りてわがこころ問ふ

そう、隠れ切支丹とは、多く踏絵を踏んでしまった者たち、表面的には仏教徒を装いながら、信仰を捨てなかった人々のことなのである。つまり彼らは、拷問や斬首（家族や知人に累が及ぶこと）を怖れずに、（踏絵を）踏むことを蹶然として拒否し、殉教の道を歩んだ人々ではないということだ。つねに背信の、後ろめたい想いに苛まれながら、それでも内面の真実に従って生きようとしてきた人々のことなのである。

　桜川冴子の真意もそこにあるのではないのか。彼女もまた、生きてゆくために、時に躓き、時に転び、いくたびとなく踏絵を踏んで来てしまった一人ではないのか。そのような想いなしに、墓巡りの旅はありえないし、あってはならないのだ。

　それにしてもと思う。敗北と罪の意識を感じることさえもなく、自身の日常を肯定、安穏として歌を作っている人々のなんと多いことか。

　春雨にシューズを濡らし立つてゐる少年のご
　とき墓に近づく

墓は、突如として春雨に靴を漏らし困って立っている少年を彷彿させる。意味からではない、感覚から、譬喩とはこうしたことだ。

年毎に、踏絵は春に行われた。それ以外の説明は不用であろう。集中の秀眉である。

4

　青潮の波間を分けてゆく鳥の隠れ切支丹この
　島に来ぬ

松浦半島名護屋から、玄界灘に浮かぶ孤島馬渡島《まだらしま》へ。大弾圧の嵐が吹き荒れる寛政年間、長崎の黒崎村から逃れてきた切支丹が住み着いた。（それにしてもと思う。切支丹の墓は、九州のみならず全国津々浦々に点在しているのだ。寛文年間には、美濃尾張で実に三千人もの切支丹が捕えられ処刑されている）

湯布院に至り、自身と墓との距離が近づいてくる。

　切支丹の墓にかさこそとゐるわれは盗人のご
　　としこころ貧しく

長崎港から百キロの地点に五島列島久賀島はある。長崎から逃れ、五島列島を散り散りになりながらも、「居付き」者として代々、荒地の開墾をてがけてきた彼等の大弾圧は久賀島から始まった。実に明治元年九月になってからである。

　算木責め、水責め、火責め、人間に権力をも
　　て人がせしこと

「元帳」に会い、インタビューを試みたあなたは、平戸島から離れた生月島に向かう。「オラショ」の祈りを聴くためである。その感動は、長歌を生む。

しかし、なぜ、ここまで追い続けるのか。「久賀島《ひさか》の荒磯《ありそ》の岩に腰かけて揚げパンを食む痛しこころは」などという作品からは、その答えは見えてこない。「石段に踏めよと彫られしクルスありいまだ残りてわがこころ問ふ」同様、自らを問う段階で歌が終わってしまっているからだ。問われたあなたは、どうするのだ。何を捨て、何を選ぶのか。彼等のように二重の懊悩を負って、生きてゆくのであるなら、あなた自身のそのことをまず歌わなければならない。記憶の中のあなたは、鋭く闇を凝視していたはずだ。

生活の場を歌ったⅡ章Ⅲ章などはいらない。巻末に置かれた「アイヌ墓地」に、第Ⅰ章の解答を見た。隠れ切支丹からもアイヌからも、孤絶した他者である自身に気付くべきであろう。

　墓標《クワシリ》の身を切るごとき十字架に縄文系倭人の
　　われと名告りぬ

（「かりん」二〇〇八年一月号）

# 声援する歌の魅力

## ——桜川冴子歌集『キットカットの声援』評

伊藤一彦

思いきった、さわやかな歌集のタイトルだ。「キットカットの声援」とは。そして、収録歌を読みすすんでいくと、このタイトルに、より納得する。

キットカットを生徒に配りがんばれと言ひすぎてしまふセンター試験

この歌を引いて著者の桜川冴子は「あとがき」で「タイトルはこの一首からとっています。中一で出会った生徒たちが心も体も大きくなり、やがて高三の終わりになるとセンター試験の日を迎えます。その日私は試験会場で生徒を確認しながら、『キットカット』というチョコレートを渡してきました」と書いている。彼女が愛情あふれる熱心な教師であることがわかるが、歌のおもしろさはがんばれと「言ひすぎてしまふ」とうたっているところだ。反省の歌なのである。

太陽にルビふるごとき金星の位置を確かめ授業へ急ぐ

模擬試験監督中に見ぬふりをして見るリストカットの光る手

「先生が頼りです」なんて言はれをりどうかなあ吾は吾さへ裏切る

教師としての自分を歌った作を引いた。一首目は授業に行くときの歌で、上の句の比喩が新鮮である。なるほど金星は太陽のルビかと思うが、この比喩は教室のなかの人間関係をもイメージしているはずである。教師は教室に出かける前にそのクラスの日ごろのありようをさまざまに推し量り、指導計画をたてるのだ。ちなみに歌集ではこの歌のつぎに「この子らと居合はせし不思議　学校の渡り廊下の星に呼ばれて」（傍点伊藤）が置かれている。二首目の「見ぬふり」はテスト中は生徒にテストに集中させるためだろう。生徒のリストカットに目をつぶるのでなく、その指導は後日おこなうのにちがいない（リストカットの生徒はカットの痕をふつう隠すが、テスト中は隠すことを忘れたのだ。それだけテストに一生懸命だったと思える）。三首目はとくに印象に残った作。シリアスな内容を歌って、いくらかユーモアも感じさせ、じつに人間的な教師である。第四句の「どうかなあ」という言い方からすると、桜川センセイはこの生徒に「わたしが頼りと言われても、わたしはわたしさえ裏切るのよ」とにこやかに答えたように思える。

燃えるような恋はしたのかと聞かれをりして
みたい子としたくない子に

教室にに長老と呼ぶは誕生日いちばん早い子
十七歳なり

デジカメを取り出せる子らに囲まれて高三最
後の授業を終へたり

卒業の答辞をのぞく行間に「泣くな泣くな」
鉛筆の文字

柩ほどの掃除用具の置き場からミイラにあら
ず生徒出てくる

おばあちゃんの服とおんなじと中一はのけぞ
りて猶も笑ひやまざる

生徒をうたった作を引いた。思わず多くなった。現代の生徒の姿をみごとに捉えている。類型的な場面も表現もいっさいなく、簡明で率直な歌い方に説得力がある。

歌い方といえば、オノマトペの活用は『キットカットの声援』の特色である。ずいぶん多く使われている。

オノマトペの授業よと言へばげほげほと子ら
笑ひだす尾野眞帆さんゐて

しぼしぼと目を細めつつ覗き焼くししやもは

まだか喰はるるししやも

二首だけ引いた。オノマトペがユーモアを醸している。一首目はケッサクだ。「げほげほ」は『オノマトペ辞典』を引くと、強くせきこむ様と書かれている。生徒たちはせきこむほど大笑いしたのだ。きっと尾野さん以外のほとんどが。

ぜんまいの葉に触れしとき朝露のぎんいろ王子泣かせてしまふ

銜へたる鵯をぽーんと雌に投ぐはやぶさたちの求愛の空

ハーモニカの中にはいくつも部屋がありいにしへの使徒に会へる気がする

知恵の実の林檎を取りし罪の手は人の弁当を間違へて食ぶ

震災の松ならなくに母の歯はたつた一本ふんばつてをり

泣きながら家族を捜す被災の子見らるる者は見る者を射る

「あの家は被害を受けた」「受けてない」遠き日のわが水俣を見る

詳しく触れる予定だった秀作である。自然を温かくかつ鋭く見つめ、信仰について思いを深め、三・一一の震災を地に足をつけてうたっている。最後の一首は水俣生まれの桜川冴子ならではの歌である。

（「かりん」二〇一四年五月号）

# 総論

# ゆめな犯しそ

坂井修一

桜川冴子といえば、いつも背筋を伸ばし、凛とした目で相手を見る人として、歌よりもまずその物腰で私などは強い印象を受けたものだ。一本筋の通った型を保ちながら、いつもゆったりと微笑んでいる姿に、私たちは、「タダ者ではないな」と警戒しつつ、やがて彼女を「かりん」のたいせつな仲間として意識するようになっていった。

魚たちの魂祭りするしらぬひの海に人間は淡く立ちたり　『月人壮子』
わたつみのトヨタマヒメの持つ瓶の水とことはにゆめな犯しそ　同

桜川は水俣の出身であり、公害病の侵したこの土地を、繰り返し歌っている。

一首目。「しらぬひの海」は八代海のこと。九州と天草に囲まれたこの美しい海が、水俣病の舞台となった。古来の風習にしたがってすなどった無数の魚の魂をなぐさめながら、人々は「淡く立」つばかりで、かんじんの人間社会には向き合えずいる。

二首目。「わだつみのいろこの宮」で豊玉姫が山幸彦にさしだす水は、無毒で健全なものでなければならなかったはずだが、水銀に侵された水俣の海の水はこれと真逆のもの。山幸彦が天皇家の祖先であることに思いいたれば、彼の呑む水を「とことはにゆめな犯しそ」と訴えることの意味は深い。そして重い。

青木繁の絵画に着想を得つつ、日本のルーツから現代に至る大きな因果に思い巡らす。一首を隠喩として使いながら、社会に訴え、時代に訴え、因果応報は日本の中枢に及ぶと柔らかく警告している。

ここにあるのは、知的な批判の心だが、その底では作者の情念が熱く燃えている。

水俣の海はぎらあり粘着の力もて呼ぶ日本の尻尾
『ハートの図像』

「粘着の力」が「日本の尻尾」を呼ぶ。神話や歌にこめられた情念が、現代の社会悪をとがめだてする。そういう構図を描きながら、桜川冴子は悲しみ、そして苦悶する。

そう。桜川の視点は高い。しかも人間的だ。

救はれず殺し合ふのが宗教か　わたしのなかのペテロを試す
『月人壮子』

くらぐらと踏み絵のごとき今もあり迫られて人は思想深くす
『ハートの図像』

桜川はキリスト教徒のようだが、宗教によって安寧を得たいというよりは、むしろ信仰が試される境界域に自分を追い込みたい性分らしい。

ペテロはイエス・キリストの最初の弟子だったが、イエスが捕らえられると彼の弟子であることを三度否定してしまう。また、迫害のはげしいローマから逃亡しようとして、よみがえったイエスにとがめられる。

アフガン戦争で殺戮を繰り返す人々。特に攻撃者の側は、多くがキリスト教徒だった。

〈キリスト教＝自分の信じる宗教〉でこれが正当化されるのか。ペテロは何度も信仰を試されたが、今こそ自分の信仰が試されているのではないか。

結句「ペテロを試す」は、単に「信仰を試す」よりも深い表現だ。キリストと自分の関係だけではなく、間にペテロを立てることで、人間的な葛藤を重層的・立体的に浮かび上がらせようというのだから。

二首目では、さらにそうした葛藤を引き受ける人間（自分もそのひとり）を相対化してみせようとする。戦争や投票の場面だけでなく、日常のさまざまな場面で、現代人も「踏み絵」を迫られることが多い。

結句「思想深くす」がこれで良いのかどうか。この疑問に答えるためには、「思想深くす」が安住の言葉ではないことを、作者は作品で示し続けなければならない。歌人・桜川冴子が背負っている十字架である。

耳を取り頭蓋開きて父の貌疑へりわれは見つむるほかなく　『月人壮子』

父の爪カチンカチンと切りてやり影絵のやうにわたしは動く　同

甘えたきわれのこころは亡き父の耳の螺旋を滑りおりゆく　同

亡き父に似る耳朶は頼りなくイヤリングつけ三日月揺らす　同

桜川の家族は、本人も含めて病気がちであるようだ。特に父親は、耳にできる癌で亡くなった。一首目を見ればわかるとおり、父親の術後の風貌は見る者を凍らせるものだったようだ。死に向かう父の爪を切り、聞こえるはずのない耳に甘えの言葉をささやきかけ、その死後は彼（とその耳）を思いながら、自分の耳にイヤリングをつける。「影絵のやうに」「滑りおりゆく」「頼りなく」などの表現は、どれもが悲しいさびしいものでありながら、この人らしく孤独の中で今を生きようという意地も感じさせる。

「さぼりすぎ早く出て来い」病む我にファックスを送りつけぬ生徒は　『六月の扉』

本当に叱りたいのは子か親か二つの背中見送りてなほ　『ハートの図像』

髪を切りソックタッチで眉に貼る今ごろこんな生徒頼もし　『キットカットの声援』

桜川には、女子校の教師として生徒を歌うことが多く、その中には印象に残る歌も少なくない。特に、どこか少し外れたところのある少女に対して関心が深いように見え、彼女らをとりあげた作品に心ひかれる良いものがいくつもある。

掲出歌については、特に説明の要はないだろう。これら三首にはどれも、思わず作者の感情がこめられてしまった箇所がある。「送りつけぬ」「見送りてなほ」「今ごろこんな生徒頼もし」などがこれだ。感情の露出した表現だが、歌の傷にはならず、むしろ魅力になっている。言葉の満ち欠けのおもしろさだろう。

　虫愛づる姫君のばうばうの眉よしとよく見つ
　風紀検査に　　　　　　　　　　　『月人壮子』
　先生は薔薇のやうだと去りし子よ花の部分か
　棘の部分か　　　　　　　　　　　『月人壮子』

　こちらのほうは、知的処理のたくみな作品だ。
　風紀検査の歌。「虫愛づる姫君」は『堤中納言物語』にある掌篇だが、ここに「『人はすべて、つくろふところあるはわろし』とて、眉さらに抜きたまはず」と姫君を描写した箇所がある。桜川は、生徒のゲジゲジ眉を見て「虫愛づる姫君」を思い出し、内心ふふふと笑いながら、彼女の表情をじっくり観察しているのである。「よしとよく見つ」と万葉集の表現をとったのはすこしうるさかったかもしれないが、一首はこれですらっと読めて楽しいのではないか。
　二首目の下句の切り返しはどうだろう。人が誰かを薔薇のようだと口にするとき、ふつうは花のことをいうか、植物体全体をいっている。棘を意識することはあっても、「棘の部分」だけを意識することは少ない。桜川は、わざわざ「花の部分か棘の部分か」と分けて、強く問いかける。これは、直接には生徒への問いかけかもしれないが、どちらかと言えば自分への問いかけであろう。はたして自分は、花なのか、棘なのか。答えようのないこの疑問をわざわざ提示して響かせるところに、作者自身の捨て難い性癖があり、この作品の魅力がある。

　月欠けて音なく入りし君の影夕陰草のわたし
　を揺らす　　　　　　　　　　　　『月人壮子』
　ためらひてゐるわれゆゑに十六夜の月人壮子
　痩せてしまへり　　　　　　　　　　同

こうした相聞歌は、さらにうるわしい古調で歌われている。「月欠けて」「痩せてしまへり」など、身体の一部が損なわれていく表現は、どこか作者の心の弱い部分を暗示しているようで、私たちの気持ちを柔らかく引くところがある（相手の気持ちも引いたに違いない）。

　これまでも見てきたように、桜川冴子は、知・情・意という人間の資質を、どれも人並み以上にもっている人だ。このことは、もちろん味わいの濃い作品を生むことにつながっている。いっぽうで、知・情・意はしばしばお互いに反発しあい、言葉うるさく争いあい、お互いを消しあう。次のような作品に象徴されるように、こういう人が歌を作るのは、決して楽なことではない。

たまねぎをひと皮ひと皮むくやうな複雑作歌
してわれに逢ふとき　『月人壮子』
強がりて疲れて仰ぐひつじ雲燔祭のやうに夕
焼けてゆく　同

自分を律したい思いと、律しきれない心と。先の歌に寄せていえば、それは花でもあり棘であった。こちらの歌では、それは玉葱を一皮一皮むく気持ちであり、疲れ果てて真っ赤な雲を仰ぐ心だ（ここでも「燔祭」という古い宗教儀式が顔を出す）。

　時と場所を選ばず緊張を呼びがちな心は、すこし緊張をほどくときや、何かに新しく出会ってはっとするときに、もっともすぐれた作品を桜川にもたらすようである。

一本のパラソル回し靡きつつ草になりたし波《は》
照間《てるま》が見ゆ　『月人壮子』
鶴の脚すらりと伸びて降りてゆく空の振り子
の鳴りいづるごと　同
大伴の美々津《みみつ》の浜にきさらぎは光子《ひかるこ》を産む
梅が咲きたり　『ハートの図像』
墓標《クワシリ》の身を切るごとき十字架に縄文系倭人の
われと名告りぬ　同

このわれのひとひらの背にさはがしき鳥が来たりぬ帯状疱疹　『キットカットの声援』
うたた寝より覚むればここは漢文の文字の回廊ゆきつもどりつ　同
球場にある仮設住宅　月を見てスコアボードにおやすみなさい　同

ほんとうに「おやすみなさい」することが、はたしてこの歌人にできるのか。簡単ではないと思いつつ、彼女らしい知・情・意の混交の中で、緊張と解放をともどもに人間らしく高めていくような作品を作り続けることを、ここに念じておきたい。

（書き下ろし・総論）

# 向日葵のような悲しさ

加藤英彦

桜川冴子の明るく健康で快活な感受性を私は信頼する。感受性を信頼するとはどういうことか。感官のアンテナの尖がどこに反応するか、対象をどのように捉え、その微細な部分にどこまで想像力をひらいているかというだけでなく、それらを自らのからだ全体でどう受けとめようとしているかという点において、私はこの作者を信頼する。例えば、それは教育現場を詠った作品のなかに多く見受けられるのだが、そんなときの彼女の受容力の豊かさはとても魅力的だ。

受験生顔を赤らめ解答しふうと息せりよきものを見き　『ハートの図像』
「先生が頼りです」なんて言はれをりどうかな

あ吾は吾さへ裏切る『キットカットの声援』
受験生の担任なれば言ふ「合格をした後に来よ」「しなくても来よ」

いい先生だなあと思う。学校や保護者にとってというより、生徒たちにとって良い教師なのだ。桜川冴子はミッション系の女子中学高校の国語教師である。一首目は、入試監督の折の光景だろうか。緊張する試験会場のなかで、なんとか解答をした受験生がふうと息をついた。よいものを見たと感じた桜川の目はこの受験生の心深くに届いている。二首目も微笑ましい。人間ほど不確実な存在はない。信頼など危ういものなのだよと心のなかで微笑んでいる。そこに慈しみの目を感じるのは、心から心へと伝えようとする意思を感じるからだ。三首目は、生徒たちがグループを組んで彼女の自宅に遊びに来たがった折の作品である。すべてが終わったら、合格しなくても訪ねて来いと彼女はいう。この対象にむける目の温かさは、生来のものなのだろう。どのように恵まれた学校環境にあっても、教育問題の根ぶかさは職務に過重を強いてくる。しかし、そんな諸々は体内ふかくに沈めて、桜川は芽吹くもの弾みゆくものを肯定的に掬いあげようとする。

そんな桜川の目がひとつの時代に向くとき、それは学校現場をみる目と地続きなのだと感じさせられる。大人たちの世界はこんなにも病んでいるのだ。彼女の神経叢がもっとも勁くさわぐのは、生地でもある熊本水俣病の悲惨であり、その九州を舞台としたかつての切支丹弾圧の爪痕である。他にもイラク空爆やソマリアの飢餓、東日本大震災に材をとった作品もあるが、分けても邪宗門として迫害された禁教の歴史や、メチル水銀という企業の害毒に苦しめられた水俣の惨状は他を圧倒している。そのとき、自らを育んだ九州の土地に連なる彼女の感官の尖が騒ぐのだ。暴力とは、いつも圧倒的な力によって無理矢理何かを歪めようとする。桜川の心の奥に過ぎったのは「人間とはなんであるのか」という激しい問いかけではなかったか。

にんげんは人貶むるとき勢ふエルサレムのイ
エスの死より
悪の国と決めつくる悪の国ありてカンダハー
ルの子を抱きしめよ　　　　『月人壮子』
切支丹の墓にかさこそゐるわれは盗人のごと
しこころ貧しく　　　　　　『ハートの図像』
算木責め、水責め、火責め、人間に権力をも
て人がせしこと

　何が善であり、何が悪であるのか、弱者とは誰であり、強者とは誰であるのかといった判断に、私は慎重でありたいと思っている一人だ。ただ、歴史のなかには圧倒的に被抑圧者でしかなく、または一方的に被害者であり続けるしかなかった人たちが確かに存在する。明治初年まで続いたキリスト教弾圧の隠れ切支丹たちがそうであり、一九五〇年代に熊本のチッソ水俣工場の廃液によって社会問題化した水俣病患者たちがそうであった。彼らは誰がどう考えても悪ではあり得ず、しかし一方的な悲惨を強いられたという意味では徹底して弱者であった。

　二〇〇一年以降のアメリカによるアフガニスタン侵攻には、様々な視点があるだろう。アメリカによって悪の烙印を押されたイラクはどのような意味において悪であったか。誰かを悪と指弾することで、自らの正義を主張しようとする政治はいつの時代にもあった。アメリカこそ悪ではなかったかという思いを私は捨てがたいが、その意味では切支丹弾圧を繰り返した幕府や藩にとっては、自身こそが正義であったはずなのだ。この構図はキリスト教を始めとする宗教史においても例外ではない。

　そんなことではない。だれが善であれ悪であれ、全身で「カンダハールの子を抱きしめよ」と桜川はいう。この奪われる小さないのちを抱きしめられない者にどのような正義もあろうはずがない。

　おそらく、切支丹弾圧の歴史は、桜川にとってすでに手の届かない過去であり、彼女はその前にただ手をたれて項垂れるしかないのだ。唇を噛みしめて

瞑目するしかない自らを確認するところから、彼女の一歩は踏み出される。前掲四首目には「久賀島牢屋《ろうや》の窄《さこ》にて　ここは切支丹弾圧による殉教の聖地」と詞書きが付されている。久賀《ひさか》島は長崎県五島列島の一島である。キリスト教弾圧による虐殺や拷問は熾烈を極めたが、「牢屋《ろうや》の窄《さこ》」での責苦も凄絶であった。算木責め、水責め、火責めはほんの一例に過ぎない。桜川がいうようにこれらの残虐さを許した牢役人の背中には「権力」が貼りついている。「にんげんは人貶むるとき勢ふ」という強者の傲慢もそこに荷担したろう。

谷川健一によれば、過酷な弾圧で知られる大村藩（現・長崎県大村市）郡崩れで処刑された百三十一名は、「信徒たちが蘇生《そせい》復活することをおそれて」首足をばらばらに切り離してそれぞれ離れた場所に埋められたという（谷川健一『魔の系譜』）。彼らはいったい何を怖れたのか。磔刑のイエスが復活したように、信者たちの甦生によって弾圧の罪業が照らし返されることを怖れたのだろうか。

桜川冴子はそれらの史跡を執拗に追い続ける。全身で受けとめ、からだ深くに記憶させることしか遅れてきた者にはできないのだ。桜川の出身地である水俣においてもこの姿勢は変わることがない。それはヒューマニズムやリゴリズムといった括りではない、彼女の内部を突きうごかす衝動のような何かであったろうと私は思う。

水俣の海はぎらあり粘着の力もて呼ぶ日本の
尻尾　『ハートの図像』

空洞となりたる花の万の眼が映す水俣の青の
深さよ

実験に使はれたりし水俣の狂へる猫を思ふ春
月　『月人壮子』

最初に水俣病が発見されたのは一九五六年であった。五九年、チッソ水俣工場付属病院の実験に使われた猫が水俣病を発症したとき、工場長はその報告を受けつつ公表を禁じた。その当時の国の無策には信じがたいものがある。熊本地裁がチッソの企業責任を認め、賠償命令をだす七三年まで十七年、その後、政府が妥協的な解決案を示した九五年まで実に四十年に近い歳月が流れた。その間、数多くの水俣被害者たちは、心身の痛苦とともに生業を奪われて極貧を強いられた。そして多くの人々が死んだ。

隠されることによって現れるものがある。桜川の訪れた熊本の水俣展では、他の地域では展示されていた亡くなられた人たちの写真が外され、そのすべてに黒紙が貼られていたという。それは死んだ人たちの痛苦を写真で理解するのでなく、全身で想像せよ！と語っているかのようだ。

思えば、切支丹弾圧の史跡を追い続ける桜川も同じだったのではないか。多くの記念館や資料館がそうであるように、きれいに整理され、展示された史料からは見えてこないものがある。処刑された切支丹の言葉にならない無念や、幾度も転びながら信仰を捨てなかった信者たちのある朝の呼気や、戦きながら潜伏先を密告した村人の心の相剋など、展示からは零れて窺えない生の細部にどこまで降りてゆけるか。元帳の話やおらしょに耳を傾けることで、桜川はその傷みを全身でかき蒐めようとする。

私は、本稿冒頭で「ふう」と息をついた受験生のなかに「よきものを見き」と詠った桜川を思い出す。あの感覚と、「空洞となりたる花の万の眼」の無言に耳を澄まそうとする感性とは同質だろう。それは見えないものや聞こえない声に全感官を戦がせてゆく桜川の生来的な資質なのだと思われる。

焼きたてのパンあたたかく夕ぐれはしろい羊を抱きて帰る　『月人壮子』
水色のブラウスのなか吹きわたる青葉の風の駅なりわれは　『ハートの図像』
ゆで卵かちんと割つてしづかなり誰のものでもない私の朝は　『キットカットの声援』

最後に、好きな作品の一部を引く。抱いたパンの温かさはふくよかな白い羊である。その〈私〉は、あるとき青葉の風を孕む駅である。そこは様々な人たちの行き交う場所でもあるだろう。そして、〈私〉は〈誰のものでもない朝〉を所有している。ゆで卵を割る音は、さながら今日一日のちいさな意志の始まりなのだ。弾圧された切支丹の痛苦を、水俣の罪もない人々の死を身体に刻みながら、桜川は右の三首へと帰ってくる。ここが彼女の生活の場であり、堡塁である。私は、本稿冒頭に記した桜川の明るく健康で快活な感受性が、その内部深くに鎮めている悲しみの質量に触れた気がしている。

種子あまた暗き目をもつ向日葵の明るさ今日も笑つてばかり

（書き下ろし・総論）

桜川冴子歌集　現代短歌文庫第125回配本

2016年5月20日　初版発行

著者　桜川冴子
発行者　田村雅之
発行所　砂子屋書房
〒101-0047 東京都千代田区内神田3-4-7
電話　03－3256－4708
Fax　03－3256－4707
振替　00130－2－97631
http://www.sunagoya.com

装本・三嶋典東　落丁本・乱丁本はお取替いたします

# 現代短歌文庫

（　）は解説文の筆者

①三枝浩樹歌集
『朝の歌』全篇

②佐藤通雅歌集（細井剛）
『薄明の谷』全篇

③高野公彦歌集（河野裕子・坂井修一）
『汽水の光』全篇

④三枝昂之歌集（山中智恵子・小高賢）
『水の覇権』全篇

⑤阿木津英歌集（笠原伸夫・岡井隆）
『紫木蓮まで・風舌』全篇

⑥伊藤一彦歌集（塚本邦雄・岩田正）
『瞑鳥記』全篇

⑦小池光歌集（大辻隆弘・川野里子）
『バルサの翼』『廃駅』全篇

⑧石田比呂志歌集（玉城徹・岡井隆他）
『無用の歌』全篇

⑨永田和宏歌集（高安国世・吉川宏志）
『メビウスの地平』全篇

⑩河野裕子歌集（馬場あき子・坪内稔典他）
『森のやうに獣のやうに』『ひるがほ』全篇

⑪大島史洋歌集（田中佳宏・岡井隆）
『藍を走るべし』全篇

⑫雨宮雅子歌集（春日井建・田村雅之他）
『悲神』全篇

⑬稲葉京子歌集（松永伍一・水原紫苑）
『ガラスの檻』全篇

⑭時田則雄歌集（大金義昭・大塚陽子）
『北方論』全篇

⑮蒔田さくら子歌集（後藤直二・中地俊夫）
『森見ゆる窓』全篇

⑯大塚陽子歌集（伊藤一彦・菱川善夫）
『遠花火』『酔芙蓉』全篇

⑰百々登美子歌集（桶谷秀昭・原田禹雄）
『盲目木馬』全篇

⑱岡井隆歌集（加藤治郎・山田富士郎他）
『鵞卵亭』『人生の視える場所』全篇

⑲玉井清弘歌集（小高賢）
『久露』全篇

⑳小高賢歌集（馬場あき子・日高堯子他）
『耳の伝説』『家長』全篇

㉑佐竹彌生歌集（安永蕗子・馬場あき子他）
『天の螢』全篇

㉒太田一郎歌集（いいだもも・佐伯裕子他）
『墳』『蝕』『獺』全篇

# 現代短歌文庫

（　）は解説文の筆者

㉓春日真木子歌集（北沢郁子・田井安曇他）
『野菜涅槃図』全篇

㉔道浦母都子歌集（大原富枝・岡井隆）
『無援の抒情』『水憂』『ゆうすげ』全篇

㉕山中智恵子歌集（吉本隆明・塚本邦雄他）
『夢之記』全篇

㉖久々湊盈子歌集（小島ゆかり・樋口覚他）
『黒鍵』全篇

㉗藤原龍一郎歌集（小池光・三枝昂之他）
『夢みる頃を過ぎても』『東京哀傷歌』全篇

㉘花山多佳子歌集（永田和宏・小池光他）
『樹の下の椅子』『楕円の実』全篇

㉙佐伯裕子歌集（阿木津英・三枝昂之他）
『未完の手紙』全篇

㉚島田修三歌集（筒井康隆・塚本邦雄他）
『晴朗悲歌集』全篇

㉛河野愛子歌集（近藤芳美・中川佐和子他）
『黒羅』『夜は流れる』『光ある中に』（抄）他

㉜松坂弘歌集（塚本邦雄・由良琢郎他）
『春の雷鳴』全篇

㉝日高堯子歌集（佐伯裕子・玉井清弘他）
『野の扉』全篇

㉞沖ななも歌集（山下雅人・玉城徹他）
『衣裳哲学』『機知の足首』全篇

㉟続・小池光歌集（河野美砂子・小澤正邦）
『日々の思い出』『草の庭』全篇

㊱続・伊藤一彦歌集（築地正子・渡辺松男）
『青の風土記』『海号の歌』全篇

㊲北沢郁子歌集（森山晴美・富小路禎子）
『その人を知らず』を含む十五歌集抄

㊳栗木京子歌集（馬場あき子・永田和宏他）
『水惑星』『中庭』全篇

㊴外塚喬歌集（吉野昌夫・今井恵子他）
『喬木』全篇

㊵今野寿美歌集（藤井貞和・久々湊盈子他）
『世紀末の桃』全篇

㊶来嶋靖生歌集（篠弘・志垣澄幸他）
『笛』『雷』全篇

㊷三井修歌集（池田はるみ・沢口芙美他）
『砂の詩学』全篇

㊸田井安曇歌集（清水房雄・村永大和他）
『木や旗や魚らの夜に歌った歌』全篇

㊹森山晴美歌集（島田修二・水野昌雄他）
『グレコの唄』全篇

# 現代短歌文庫

（　）は解説文の筆者

㊺上野久雄歌集（吉川宏志・山田富士郎他）
『夕鮎』抄、『バラ園と鼻』抄他

㊻山本かね子歌集（蒔田さくら子・久々湊盈子他）
『ものどらま』を含む九歌集抄

㊼松平盟子歌集（米川千嘉子・坪内稔典他）
『青夜』『シュガー』全篇

㊽大辻隆弘歌集（小林久美子・中山明他）
『水廊』『抱擁韻』全篇

㊾秋山佐和子歌集（外塚喬・一ノ関忠人他）
『羊皮紙の花』全篇

㊿西勝洋一歌集（藤原龍一郎・大塚陽子他）
『コクトーの声』全篇

(51)青井史歌集（小高賢・玉井清弘他）
『月の食卓』全篇

(52)加藤治郎歌集（永田和宏・米川千嘉子他）
『昏睡のパラダイス』『ハレアカラ』全篇

(53)秋葉四郎歌集（今西幹一・香川哲三）
『極光―オーロラ』全篇

(54)奥村晃作歌集（穂村弘・小池光他）
『鴇色の足』全篇

(55)春日井建歌集（佐佐木幸綱・浅井愼平他）
『友の書』全篇

(56)小中英之歌集（岡井隆・山中智恵子他）
『わがからんどりえ』『翼鏡』全篇

(57)山田富士郎歌集（島田幸典・小池光他）
『アビー・ロードを夢みて』『羚羊譚』全篇

(58)続・永田和宏歌集（岡井隆・河野裕子他）
『華氏』『饗庭』全篇

(59)坂井修一歌集（伊藤一彦・谷岡亜紀他）
『群青層』『スピリチュアル』全篇

(60)尾崎左永子歌集（伊藤一彦・栗木京子他）
『彩虹帖』全篇『さるびあ街』（抄）他

(61)続・尾崎左永子歌集（篠弘・大辻隆弘他）
『春雪ふたたび』『星座空間』全篇

(62)続・花山多佳子歌集（なみの亜子）
『草舟』『空合』全篇

(63)山埜井喜美枝歌集（菱川善夫・花山多佳子他）
『はらりさん』全篇

(64)久我田鶴子歌集（高野公彦・小守有里他）
『転生前夜』全篇

(65)続々・小池光歌集
『時のめぐりに』『滴滴集』全篇

(66)田谷鋭歌集（安立スハル・宮英子他）
『水晶の座』全篇

# 現代短歌文庫

（　）は解説文の筆者

67　今井恵子歌集（佐伯裕子・内藤明他）
『分散和音』全篇

68　続・時田則雄歌集（栗木京子・大金義昭）
『夢のつづき』『ペルシュロン』全篇

69　辺見じゅん歌集（馬場あき子・飯田龍太他）
『水祭りの桟橋』『闇の祝祭』全篇

70　続・河野裕子歌集
『家』全篇、『体力』『歩く』抄

71　続・石田比呂志歌集
『孑孑』『忘八』『涙壺』『老猿』『春灯』抄

72　志垣澄幸歌集（佐藤通雅・佐佐木幸綱）
『空壜のある風景』全篇

73　古谷智子歌集（来嶋靖生・小高賢他）
『神の痛みの神学のオブリガード』全篇

74　大河原惇行歌集（田井安曇・玉城徹他）
未刊歌集『昼の花火』全篇

75　前川緑歌集（保田與重郎）
『みどり抄』全篇、『麥穂』抄

76　小柳素子歌集（来嶋靖生・小高賢他）
『獅子の眼』全篇

77　浜名理香歌集（小池光・河野裕子）
『月兎』全篇

78　五所美子歌集（北尾勲・島田幸典他）
『天姥』全篇

79　沢口芙美歌集（武川忠一・鈴木竹志他）
『フェベ』全篇

80　中川佐和子歌集（内藤明・藤原龍一郎他）
『海に向く椅子』全篇

81　斎藤すみ子歌集（菱川善夫・今野寿美他）
『遊楽』全篇

82　長澤ちづ歌集（大島史洋・須藤若江他）
『海の角笛』全篇

83　池本一郎歌集（森山晴美・花山多佳子）
『未明の翼』全篇

84　小林幸子歌集（小中英之・小池光他）
『枇杷のひかり』全篇

85　佐波洋子歌集（馬場あき子・小池光他）
『光をわけて』全篇

86　続・三枝浩樹歌集（雨宮雅子・里見佳保他）
『みどりの揺籃』『歩行者』全篇

87　続・久々湊盈子歌集（小林幸子・吉川宏志他）
『あらばしり』『鬼龍子』全篇

88　千々和久幸歌集（山本哲也・後藤直二他）
『火時計』全篇

# 現代短歌文庫

（　）は解説文の筆者

㊱田村広志歌集（渡辺幸一・前登志夫他）
『島山』全篇
⑩入野早代子歌集（春日井建・栗木京子他）
『花凪』全篇
⑪米川千嘉子歌集（日高堯子・川野里子他）
『夏空の櫂』『一夏』全篇
⑫続・米川千嘉子歌集（栗木京子・馬場あき子他）
『たましひに着る服なくて』『一葉の井戸』全篇
⑬桑原正紀歌集（吉川宏志・木畑紀子他）
『妻へ。千年待たむ』全篇
⑭稲葉峯子歌集（岡井隆・美濃和哥他）
『杉並まで』全篇
⑮松平修文歌集（小池光・加藤英彦他）
『水村』全篇
⑯米口實歌集（大辻隆弘・中津昌子他）
『ソシュールの春』全篇
⑰落合けい子歌集（栗木京子・香川ヒサ他）
『じゃがいもの歌』全篇
⑱上村典子歌集（武川忠一・小池光他）
『草上のカヌー』全篇
⑲三井ゆき歌集（山田富士郎・遠山景一他）
『能登往還』全篇
⑩佐佐木幸綱歌集（伊藤一彦・谷岡亜紀他）
『アニマ』全篇
⑩西村美佐子歌集（坂野信彦・黒瀬珂瀾他）
『猫の舌』全篇
⑩綾部光芳歌集（小池光・大西民子他）
『水晶の馬』『希望園』全篇
⑩金子貞雄歌集（津川洋三・大河原惇行他）
『邑城の歌が聞こえる』全篇
⑩続・藤原龍一郎歌集（栗木京子・香川ヒサ他）
『嘆きの花園』『19××』全篇
⑩遠役らく子歌集（中野菊夫・水野昌雄他）
『白馬』全篇
⑩小黒世茂歌集（山中智恵子・古橋信孝他）
『猿女』全篇
⑩光本恵子歌集（疋田和男・水野昌雄）
『薄氷』全篇
⑩雁部貞夫歌集（堺桜子・本多稜）
『崑崙行』抄
⑩中根誠歌集（来嶋靖生・大島史洋雄他）
『境界』全篇
⑩小島ゆかり歌集（山下雅人・坂井修一他）
『希望』全篇

# 現代短歌文庫

（　）は解説文の筆者